# राज्यश्री

डॉ. ब्रजेश वर्मा

NAMYA PRESS.com

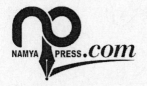

प्रकाशक

**नम्या प्रेस**

213, वर्धन हाउस, 7/28, अंसारी रोड,
दरिया गंज, दिल्ली - 110002
ई–मेलः namyapress@gmail.com

| | | |
|---|---|---|
| संस्करण | : | प्रथम में प्रकाशित 2021 नम्या प्रेस |
| शीर्षक | : | राज्यश्री |
| लेखक | : | डॉ. ब्रजेश वर्मा |
| आईएसबीएन | : | 978-93-90445-74-5 |
| मूल्य | : | ₹ 600.00 |
| कॉपीराइट | : | © डॉ. ब्रजेश वर्मा 2021 सर्वाधिकार सुरक्षित |
| मुद्रक | : | ट्राईडेंट एन्टेर्प्रिसिस (नोएडा) डी-204, सेक्टर-10, नोएडा, गौतम बुद्ध नगर, यू०पी० |

माँ को

समर्पित

# 1

भारत में थानेश्वर साम्राज्य के पुष्यभूति राजवंश के प्रतापी राजा राजाधिराज प्रभाकरवर्द्धन अपने राजमहल के अन्तःपुर में बैठ राज्य की सीमाओं की सुरक्षा तथा विस्तार पर गहन चिंतन कर रहे थे कि उनके कानों में एक पुरुष के सुरीले स्वर में गाई जाती हुई ध्वनि सुनायी पड़ी। वह एक सैनिक था। उसकी जिम्मेदारी महल की सुरक्षा करनी थी। निःशब्द रात्रि में उसकी आवाज मन को शांत करती; किन्तु उस दिन राजाधिराज ने जो शब्द सुने वह उन्हें भावुक कर गया। गीत के शब्द कुछ इस प्रकार थे-

"नदी जैसे वर्षाकाल में मेघों के झुकने पर अपने तट को गिरा देती है, वैसे ही यौवन को प्राप्त हुई कन्या पिता को..!"

प्रभाकरवर्द्धन थोड़े गंभीर हो गए। उन्होंने अपने आसपास खड़े सेवकों को हाथ के इशारे से दूर हटने की आज्ञा दी और पास में बैठीं महारानी महादेवी यशोवती से कहा,

'हे देवी, पुत्री राज्यश्री अब तरुणी हुई। मेरा मन हमेशा उसके प्रति चिंतित रहता है। उसकी विवाह के लिए जैसे-जैसे वरों के दूत आते हैं, मैं यह सोचकर और भी चिंतित हो जाता हूँ कि वह अब हमसे दूर चली जाएगी।'

यह एक पिता के लिए स्वाभाविक था। महादेवी यशोवती ने महाराज का समर्थन करते हुए कहा,

'जब कभी भी पुत्री राज्यश्री की ओर देखती हूँ ऐसा लगता है कि अब वह इस महल से हमेशा के लिए दूर चली जाएगी। अपने दो प्रिय भ्राताओं जो उन्हें प्राणों से भी प्रिय हैं के साथ उसके खेलने के दिन समाप्त हुए। वह अब बारह बरस की हो चुकी है। क्या आपने राज्यश्री के लिए कोई सुयोग्य वर देखा है?'

राजा ने गंभीर नजरों से महादेवी यशोवती की ओर देखते हुए कहा, 'हे देवी! बुद्धिमान लोग वर के गुणों में प्रायः उसकी कुलीनता पसंद करते हैं। पुत्री राज्यश्री के लिए सभी दिशाओं से वरों के दूत आते ही रहते हैं, किन्तु मुझे भगवान शिव के उपासक सभी लोकों में पहचाने जाने वाले मौखरि वंश के महाराज अवन्तिवर्मा के ज्येष्ठ पुत्र ग्रहवर्मा सर्वाधिक पसंद हैं। इस विवाह के लिए ग्रहवर्मा ने स्वयं याचना की है। हे देवी! यदि आपकी अनुमति हो तो उनके साथ पुत्री राज्यश्री का विवाह कर दें?'

माहदेवी यशोवती की आँखों में एक क्षण के लिए जो चमक उभरी उसे अन्तःपुर में जल रहे दीपकों के प्रकाश में देखा जा सकता था। उन्होंने अपने चेहरे पर हल्की सी मुस्कान लाकर कहा,

' मैं राजाधिराज के विचारों का समर्थन करती हूँ। आपने हमारी प्रिय वत्सा राज्यश्री के लिए सर्वाधिक सुन्दर और सुयोग्य वर की तलाश की है। पुत्री के जीवन की मंगलकामना करते हुए और अपने इष्टदेव महादेव का स्मरण कर आपसे आग्रह करती हूँ कि इस शुभ समाचार से अपने दोनों प्रिय पुत्रों राज्यवर्द्धन और हर्षवर्द्धन को अवगत करा दिया जाए।'

'आपने मेरे मन की बात रख ली। मेरा मन हल्का हो गया। सूर्य की पहली किरण के प्रकट होने के साथ ही कल मैं सरस्वती नदी में स्नान कर आराध्य सूर्य देव की आराधना कर दोनों राजकुमारों को अपने मन की बातों से अवगत करा दूंगा,' प्रभाकरवर्द्धन ने कहा।

कुछ समय तक महल के अन्तःपुर में शांति छाई रही। राजाधिराज प्रभाकरवर्द्धन तथा महादेवी यशोवती की मौन नजरें एक दूसरे से मिलीं और फिर धीरे से उठते हुए राजा ने कहा , 'शुभ मुहूर्त देख ग्रहवर्मा के भेजे हुए प्रधान दूत के हाथों समस्त राजकुल की उपस्थिति में कन्यादान का जल गिराऊंगा।'

राजा के उठने की आहट सुनते ही दरवाजे से थोड़ी दूर खड़े उनका प्रधान प्रहरी चौकन्ना हो उठा। राजा ने हल्के हाथों से ताली की एक आवाज निकली और वह प्रहरी तुरंत दरवाजे के पास आ खड़ा हुआ। वह कुछ अधेड़ उम्र का था। उसकी मूंछें तनी हुई थीं। दीपक के प्रकाश में उसकी चमकती हुई गंभीर आँखों को देखा जा सकता था। उसके वस्त्र सलीकेदार थे। उसकी कमर में एक लम्बी सी तलवार लटक रही थी और साथ ही कमरबंद में एक बड़ा सा कटार भी था। उसने पूर्ण अनुशासित रूप से दरवाजे पर खड़ा होकर धीरे कहा, 'आज्ञा महाराज।'

'प्रतिहार, महल में सब ठीक तो है?' राजा ने पूछा।

'महाराज की कृपा से चारों ओर शांति छाई हुई है। प्रजा सुख -चैन की नींद ले रही हैं। महल के प्रहरी सचेत हैं,' प्रहरी ने कहा।

'ठीक है। अब हम विश्राम करेंगे,' राजा ने कहा। प्रतिहार ने आदर से सर को झुकाते हुए अपने क़दमों को पीछे किया और फिर अन्तःपुर के दरवाजे बंद कर दिए गए। पुष्यभूति वंश के प्रतापी राजा प्रभाकरवर्द्धन

का सफ़ेद महल चारों ओर जलते हुए मशालों से चांदनी रात में अपना सौन्दर्य बिखेर रहा था। गहन रात्रि में सुरक्षा प्रहरियों की आवाज के सिवा चारों ओर शांति थी। फिर वेला नाम की एक दासी ने महादेवी यशोवती के शयनकक्ष में प्रवेश किया और उसने प्रकाशित हो रहे दीपकों में से अधिकांश को बुझा दिए। वह महारानी की निजी सेविका थी। शयनकक्ष के एक कोने में दो बड़े से दीये को जलता हुआ रहने दिया गया था जिसके पीले से मध्यम प्रकाश में आयुर्वेदिक जड़ी-बूटियों के जलने से उत्पन्न सुगन्धित वातावरण को महसूस किया जा सकता था।

महादेवी यशोवती की नींद आँखों से कोशों दूर चली गयी थीं। उनकी आँखों के सामने बार-बार अपनी प्रिय पुत्री राज्यश्री का मोहक चेहरा सामने आ रहा था। यह सोचकर कि वह इस महल से दूर अब अपने पति के महल में चली जाएगी रानी यशोवाती ने अपने उस सपने के बारे में सोचना शुरू किया जिसे उन्होंने अपने महल के ऊपर नींद में तब देखा था जब उसे संतान की प्राप्ति नहीं हुई थी। उन्होंने शयनकक्ष के कोने में मद्धिम होते हुए दीपक के पीले प्रकाश को उनींदा नजरों से देखा और फिर अपनी आँखों को बंद कर उस अनमोल सपने के बारे में सोचना शुरू किया।

राजाधिराज प्रभाकरवर्द्धन सूर्य भक्त थे। यह उनके कुल की रीत थी। वह प्रतिदिन प्रातःकाल सरस्वती नदी में स्नान कर श्वेत वस्त्रों को पहन अपने घुटनों के बल बैठ एक तश्तरी में रखे गहरे लाल रंग के कमल के फूल से सूर्य की उपासना करते। यह उनके वंश की परम्परा थी। पुष्यभूति वंश के उनके पूर्वज राजाओं- नरवर्द्धन, राज्यवर्द्धन प्रथम और आदित्यवर्द्धन ने भगवान सूर्य को अपना कुल देवता स्वीकार किया था। अपने वंश को आगे बढ़ाने के लिए प्रभाकरवर्द्धन ने, जिन्होंने थानेश्वर के

छोटे से राज्य को एक साम्राज्य में बदल दिया था और जिन्होंने हूणों के कई आक्रमणों को भारत भूमि पर विफल कर दिया था, की एक प्रतापी उत्तराधिकारी की अभिलाषा थी, जिसके लिए वह सूर्य नमन के साथ-साथ वेताल साधना भी किया करते जिनमें उनके सहायक भैरवाचार्य शिव उपासना के माध्यम से उनकी सहायता कर रहा था। तब उन्हें लक्ष्मी का वरदान मिला था।

यह सोचते हुए महादेवी यशोवती ने ग्रीष्मकाल की उस रात को याद किया जब वह महाराज के साथ महल के ऊपर सोयी हुई थीं। गहन श्यामल रात्रि को एक हलकी सी हवा के झोंके के साथ महारानी की नींद खुल गयी और वह चौंककर उठ बैठी थीं। उनकी साँसे तेज चल रही थीं। राजा घबड़ा उठे। उन्होंने पूछा, 'महादेवी, क्या हुआ? क्या अपने कोई स्वप्न देखा?'

'हाँ महाराज। मैंने एक अजीब सा स्वप्न देखा। मैंने देखा कि सूर्यमंडल से दो कुमार एक कन्या के साथ पृथ्वी पर उतर रहे हैं। और फिर वे मेरे उदर में प्रवेश कर गए,' महारानी ने कहा। फिर थोड़ा रुककर उन्होंने एक लम्बी सी सांस ली और फिर बोलीं, "महाराज, मुझे भय सा प्रतीत हो रहा है।"

राजाधिराज प्रभाकरवर्द्धन इसका अर्थ समझने की कोशिश कर ही रहे थे कि उनके कानों में प्रभात शंख की ध्वनि सुनायी दी और फिर मंदिर की घंटियों की आवाज के साथ प्रातःकाल का नंदी पाठ शुरू हो गया। महाराज को समझते देर न लगी। महारानी ने भोर का सपना देखा था, जो सच होता है! उन्होंने अपने इष्टदेव को याद किया। वह शांत मन से उठे और फिर सरस्वती नदी में स्नान को निकल पड़े।

दस महीने बाद महारानी यशोवती ने अपने प्रथम पुत्र को जन्म दिया जिसका नाम राज्यवर्द्धन रखा गया। पूरे राज्य में उत्सव मनाया गया। कुछ वर्ष बाद महारानी ने फिर एक पुत्र को जन्म दिया जिसका नाम हर्षवर्द्धन पड़ा। इस पुत्र के जन्म के बाद महाराज ने तारक नाम के एक ज्योतिषी को बुलाया जिसने हर्ष के महान व्यक्तित्व की भविष्यवाणी की। पुष्यभूति राजवंश में उत्सव का माहौल था। हर्ष के जन्म के साथ ही महलों में शंख बजने लगे थे, घोड़े हींगने लगे थे, हाथियों के गरजने की आवाज सुनायी देने लगी थीं, दिव्य वायु बहने लगीं थीं और यज्ञशालाओं में अग्नियाँ प्रज्वलित हो उठीं थीं। उत्सव के समय राजकुल के नियमों को शिथिल कर दिया गया था ताकि आम लोग भी महल के अन्दर आ सकें। फिर तीन वर्ष बाद महादेवी यशोवती की खुशी का ठिकाना ना रहा जब उन्होंने एक कन्या को जन्म दिया। उसका नाम राज्यश्री रखा गया।

राज्यश्री। महारानी यशोवती सोचने लगी। उन्हें नींद अभी भी नहीं आ रही थी। उनकी आँखों के सामने सिर्फ राज्यश्री का मोहक चेहरा घूम रहा था। माता-पिता ने उसे हर कला में प्रवीण कराया था। वह नृत्य और संगीत की कलाओं में निपुण तो थी ही साथ ही उसने अपने मधुर स्वभाव से महल का दिल जीत लिया था। उसके दोनों बड़े भाई उसे अपने प्राणों से भी अधिक स्नेह करते। वह राजमहल की रौनक थी। यशोवती ने मन ही मन कहा, 'पुत्री राज्यश्री का विवाह वह एक उत्सव की भांति करेगी। उन्होंने सूर्य देवता का स्मरण किया और फिर उनकी आँखों में नींद घिर आयी।

# 2

लगभग 550 ई. में गुप्त वंश के पतन के बाद भारत की राजनीतिक स्थिति में भारी बदलाव आया। मुख्य रूप से उत्तर भारत पर अपना अधिकार प्राप्त करने के लिए पुष्यभूति वंश, मौखरि वंश, मालवा के शासकों और बंगाल में गौढ़ के शासक शशांक के बीच युद्ध और संधियाँ होती रहीं। जिस गुप्त वंश की स्थापना 240 ई. में श्रीगुप्त ने की थी उस वंश ने भारत के एक बड़े हिस्से पर लगभग तीन सौ वर्षों तक राज किया। इनमें एक से बढ़कर एक प्रतापी राजा हुए। इन राजाओं में चन्द्रगुप्त प्रथम, समुद्रगुप्त, चन्द्रगुप्त द्वितीय विक्रमादित्य, कुमारगुप्त और स्कंदगुप्त मुख्य थे जिन्होंने भारतीय समाज और संस्कृति को ऊँचाइयों तक पहुंचा दिया था। इनकी सत्ता का केंद्र पाटलिपुत्र रहा। किन्तु गुप्त वंश के पतन के बाद इस साम्राज्य से जुड़े बड़े-बड़े सामंतों ने अपनी अलग सत्ता स्थापित कर ली जो एक दूसरे के खिलाफ निरंतर युद्ध में लगे रहते थे। इनके बीच एक तीसरी शक्ति का भी भारत में प्रवेश हुआ जो बाहर से आयी थी और जिसे हूण के नाम से पुकारा जाता था। मध्य एशिया से निकले ये हूण मूल रूप से लुटेरे थे जिन्होंने यूरोप और भारत पर भी कई बार आक्रमण किया था।

इतिहासकारों ने हूणों को एक लुटेरी जाति बताते हुए इसका मूल स्थान वोल्गा के पूर्व में बताया है। जिन दिनों भारत में सबसे शक्तिशाली गुप्त साम्राज्य था लगभग उसी के आसपास यूरोप में रोम की सत्ता थी। रोमन साम्राज्य ईशा मसीह के अवतरण के कुछ साल पहले जूलियस सीजर के काल में अपने परवान था और एक लम्बी यात्रा करते हुए लगभग 400 ई. आते-आते अपने पतन के रास्ते पर चल गया। इसी समय हूणों का उदय हुआ जो 370 ई. के आसपास यूरोप तक पहुंचा और उसने वहाँ की सत्ता को उखाड़ दिया।

इतिहासकारों का मत है कि हूणों का उदय चीन में हुआ था बाद में जिसकी दो शाखाएँ हुईं जिनमें से एक वोल्गा नदी के पास चला गया और दूसरे ने ईरान पर आक्रमण कर वहां अपनी सत्ता स्थापित की। दूसरी ओर यूरोप पर आक्रमण करने वाला हूणों का प्रसिद्ध नेता अटिला था। उसी तरह भारत पर आक्रमण करने वाला हूणों के नेताओं की पहचान क्रमशः तोरमाण और उसका पुत्र मिहिरकुल के रूप में की गयी है। तोरमाण ने गुप्त सम्राट स्कंदगुप्त के शासनकाल के समय भारत पर आक्रमण किया था। उसने 500 ई. में मालवा पर विजय पायी थी। फिर उसका पुत्र मिहिरकुल 510 ई. में गद्दी पर बैठा। हूणों के विस्तार को रोकने के लिए मालवा के राजा यशोधर्मन और मगध के राजा बालादित्य ने एक संघ बनाया था। यशोधर्मन हूणों का प्रबल शत्रु था और उसने हूणों के नेता मिहिरकुल को पराजित कर दिया। फिर भी हूणों का प्रभाव वर्तमान गुजरात, उत्तर प्रदेश, राजस्थान और कश्मीर पर देखा गया। बाद में पुष्यभूति वंश के प्रतापी रजा प्रभाकरवर्द्धन और उसके पुत्र राज्यवर्द्धन ने हूणों को कई बार पराजित किया।

छठी और सातवीं सदी के उत्तर भारत में, गुप्त साम्राज्य के पतन के बाद, सबसे मजबूत सत्ता पुष्यभूति वंश ने स्थापित की थी जिसका आरंभिक केंद्र थानेश्वर रहा। इसी वंश के सबसे प्रतापी रजा हर्षवर्द्धन ने सत्ता के केंद्र को कन्नौज में स्थापित किया था और लगभग पूरे उत्तर भारत पर 606 से 647 ई. तक शासन किया। थानेश्वर वर्तमान में हरियाणा और कन्नौज उत्तर प्रदेश में है।

पुष्यभूति वंश को वर्द्धन वंश के नाम से भी पुकारा जाता है। इस वंश का प्रथम शासक नरवर्द्धन को माना गया है। उसके बाद उसकी पांच पीढ़ियों ने राज किया और हर्षवर्द्धन की मृत्यु (647 ई.) के बाद यह साम्राज्य समाप्त हो गया। इस वंश की सत्ता को मुख्य रूप से हर्ष के पिता प्रभाकरवर्द्धन ने स्थापित कर दिया था।

ठीक उसी समय वर्तमान उत्तर प्रादेश के कन्नौज में मौखरि वंश का उदय हुआ। इस वंश की स्थापना हरिवार्मा (510 ई.) ने की थी। इसका साम्राज्य वर्तमान उत्तर प्रदेश के कन्नौज से राजस्थान के कुछ इलाके तक फैला हुआ था। इस वंश में कई शक्तिशाली राजा हुए जिनमें अवंतिवर्मा प्रमुख था। ग्रहवर्मा, जिससे राज्यश्री की शादी हुई थी, वह अवंतिवर्मा का पुत्र था। ग्रहवर्मा का शासन काल 600 से 605 ई. माना गया है।

ग्रहवर्मा ने जब राज्यश्री से विवाह का प्रस्ताव भेजा था तबतक उसके पिता की मृत्यु हो चुकी थी। यह विवाह ग्रहवर्मा ने स्वयं किया था। इसके पीछे तत्कालीन गौढ़ (बंगाल) के राजा शशांक और मालवा के राजा देवगुप्त से अपने साम्राज्य की सुरक्षा करना को एक मूल कारण बताया गया है। दूसरी ओर प्रभाकरवर्द्धन भी मालवा के शासक देवगुप्त की

बढ़ती ताकत से चिंतित हो मौखरी वंश से साथ अपनी पुत्री राज्यश्री का विवाह कर अपनी शक्ति का विस्तार करना चाहता था।

इस तरह उत्तर भारत में इस समय सत्ता के संघर्ष में चार साम्राज्य आपस में उलझे हुए थे। थानेश्वर के पुष्यभूति वंश और कन्नौज के मौखरि वंश ने आपस में वैवाहिक संबंधों को स्थापित कर अपने समय के उभरते हुए दो शक्तिशाली साम्राज्यों- मालवा और बंगाल को वश में करने को ठानी। इनमें मालवा का शासक देवगुप्त का इलाका इन दोनों के न सिर्फ नजदीक था बल्कि वह उनसे अत्यधिक दुश्मनी भी रखता था। उसने मालवा के वृद्ध राजा महासेन गुप्त की कमजोरी का लाभ उठाकर उससे सत्ता हथिया ले थी। मालवा का साम्राज्य वर्तमान में पश्चिमी भारत के अंचल पठारों से घिरा नर्मदा और ताप्ती नदियों के बीच मध्य प्रदेश के पश्चिमी इलाके से राजस्थान के दक्षिण-पूर्व तक फैला हुआ था। कुछ इतिहासकारों ने इस साम्राज्य को पश्चिम में चम्बल नदी और दक्षिण में विंध्य श्रेणी से लेकर उत्तर में चम्बल के उत्तरी मोड़ तक फैला हुआ बताया है।

ऐसा कहा जाता है कि महासेन गुप्त अपने दुश्मन देवगुप्त से इतना भयभीत था कि उसने अपने दोनों पुत्रों- कुमार गुप्त और माधव गुप्त को थानेश्वर के राजा प्रभकरवर्द्धन के पास सुरक्षित रख दिया था। बाद में हर्षवर्द्धन ने कुमार गुप्त का अभिषेक किया।

यही कारण था कि जब देवगुप्त ने मालवा पर अधिकार कर लिया तब वह प्रभाकरवर्द्धन और ग्रहवर्मा का प्रबल शत्रु बन गया। इन दोनों साम्राज्यों पर आधिपत्य स्थापित करने के लिए देवगुप्त ने गौढ़ के राजा शशांक से एक गुप्त संधि कर ली। प्रभाकरवर्द्धन की मृत्यु के बाद दोनों

ने मिलकर सबसे पहले कन्नौज पर आक्रमण कर ग्रहवर्मा की हत्या कर दी और उसकी पत्नी राज्यश्री को चौरंगना के किले में बंदी बना लिया।

पुष्यभूति और मौखरि वंशों के लिए यह सबसे कठिन समय था। इस घटना के बाद राज्यश्री के बड़े भाई राज्यवर्द्धन ने मालवा नरेश देवगुप्त पर भयानक आक्रमण किया और उसकी हत्या कर दी। किन्तु जब सब कुछ ठीक होने वाला था तभी बंगाल के राजा शशांक ने राज्यवर्द्धन को संधि के लिए अकेले में बुलाकर एक षड्यंत्र के तहत उसकी हत्या कर दी। इस घटना को सुन हर्षवर्द्धन आग बबूला हो उठा और एक बड़ी सेना लेकर न सिर्फ शशांक को खदेड़ दिया बल्कि अपनी बहन राज्यश्री के प्राणों की रक्षा भी की।

इन सभी राजाओं में सबसे अधिक महत्वाकांक्षी बंगाल का शशांक था। प्राचीन भारत के इतिहास में उसके विषय में अनेक धारणाएं हैं। उसने बंगाल में एक शक्तिशाली हिन्दू सत्ता की स्थापना की थी। उसने अपनी राजधानी गौढ़ में बनायी, जो वर्तमान में पश्चिम बंगाल के मालदा और मुर्शिदाबाद इलाके तक फैला हुआ था। शशांक जन्म से राजा नहीं था। इतिहासकारों का मानना है कि गुप्तकाल के पतन के बाद उसने राजा महासेन गुप्त की दुर्बलता का लाभ उठाकर बंगाल के गौढ़ में अपनी स्वतंत्र सत्ता की स्थापना की थी। कुछ इतिहासकारों का मानना ही कि उसने कर्ण-सुवर्ण में अपनी राजधानी बनाई थी जिसके अवशेष वर्तमान में पश्चिम बंगाल के मुर्शिदाबाद जिले के गंगाभाटी इलाके में मिले हैं। शशांक के बाद बंगाल में पाल वंश की स्थापना हुई। उसके विषय में कहा जाता है कि वह बंगाल का पहला स्वतंत्र हिन्दू शासक था जिसके शासन काल को इतिहासकारों ने 600-636 ई. अथवा 590-625 ई. तक बताया है।

शशांक का उदय गुप्त साम्राज्य के पतन के बाद हुआ। उसे गुप्त साम्राज्य के एक सबसे कमजोर राजा महासेन गुप्त का सेनापति भी बताया गया है। उसे महासेन गुप्त के सेनापति नरेंद्र गुप्त के रूप में भी बताया जाता है जिसकी महासामंत और शशांक उपाधियाँ थीं। उसकी नजर मगध साम्राज्य पर अपनी सत्ता को स्थापित करने की थी और उसने मालवा के राजा देवगुप्त के साथ एक दुरभिसंधि (षड्यंत्र के तहत की गयी संधि) कर रखी थी और इसी षड्यंत्र के तहत उसने हर्ष के बड़े भाई राज्यवर्द्धन की हत्या की थी। किन्तु हर्षवर्द्धन ने उसकी बढ़ती ताकत को रोक दिया। शशांक के साथ हुए युद्ध में हर्ष का साथ कामरूप के राजा भाष्कर वर्मन (600-650 ई.) ने दिया था जिसे वर्मन वंश का अंतिम शक्तिशाली राजा बताया गया है।

# 3

प्रातःकाल का समय था। सूर्य की सुनहली किरण से सरस्वती नदी का शीतल जल सुशोभित हो रहा था। नदी अभी शांत थी। पानी के ऊपर हल्का सा धुंध था जिसे सूर्य की किरणें चीरने का प्रयास कर रही थी। नदी के आसपास हजारों छोटे-बड़े वृक्ष थे। इन वृक्षों से पक्षियों के चहकने की आवाज आ रही थी। कुछ तो झुण्ड बनाकर नदी के पार भी जाने की कोशिश कर रहे थे। उनकी संगीतमय आवाज में व्यवधान तब पैदा हुआ जब दूर से आती हुई पालकी ढ़ोने वालों की आवाज नदी के करीब आने लगी। यह राजाधिराज प्रभाकरवर्द्धन की सवारी थी जो एक स्वर्ण जड़ित पालकी पर सवार थे और उनके साथ पुजारियों और अन्य नौकर-चाकरों का एक दल भी पैदल नदी की ओर चला आ रहा था।

पालकी सरस्वती के किनारे पर आकर रोक दी गयी। राजा धीरे से बाहर निकले। नौकरों के बीच किसी भी प्रकार की हलचल बंद हो गयी। पुजारियों ने वेद मंत्रों का उच्चारण शुरू किया। राजा के वस्त्र और पूजा की सामग्री को बड़े-बड़े परातों में सजा कर रख दिए गए थे। सरस्वती नदी में उतरने से पहले राजा ने झुककर अपने दाहिने हाथ से थोड़ा सा जल उठाया और उसे अपने सर के ऊपर छींटते हुए हाथ जोड़कर नदी को प्रणाम किया। फिर वे हलके पैरो से नदी में उतर गए। उन्होंने थोड़ी

सी तैराकी. की और फिर कमर से थोड़ा ऊपर तक के पानी में आकर कई डुबकियाँ लगाईं। स्नान कर चुकने के बाद उन्होंने अपने दाहिने हाथ के अंगूठे के बीच अपने जनेऊ को रखा और पूर्व दिशा में उगते हुए सूर्य देवता को प्रणाम कर हल्की आवाज में वेद मंत्रों का उच्चारण करने लगे। उनसे थोड़ी दूर पर पुजारियों का एक झुण्ड भी स्नान कर रहा था। वे सब राजा के स्नान संपन्न होने के कुछ क्षण पूर्व ही नादी से बाहर निकल आये थे और तट पर पूजा की तैयारी कर रहे थे। राजा ने नदी से बाहर निकल सफ़ेद वस्त्र धारण किए। फिर वे पूर्व की दिशा में घुटनों के बल बैठ अपने हाथों में रक्तकमल के फूल ले सूर्य की आराधना करने लगे। पुजारी मंत्रों का उच्चारण कर रहे थे जिससे पूरा वातावरण पवित्र हो उठा। थोड़ी देर सूर्य उपासना करने के बाद राजाधिराज प्रभाकरवर्द्धन उठे और पुनः पालकी पर जा बैठे। पालकी तेजी के साथ महल की ओर जाने लगी। सूर्य अब ऊपर उठ चुका था और अब सरस्वती के ऊपर जमा हुआ हल्का सा धुंध भी विलीन हो चुका था। थोड़ी दूर पर सैनिक की एक टुकड़ी थी जो पालकी को सुरक्षा देते हुए महल के मुख्य द्वार तक पहुंची। राजा के महल के अन्दर प्रवेश करने के साथ ही वे मुख्य द्वार पर पहरा देने लगे।

महल के अन्दर राजा का सुंदर सा सफ़ेद रंग का शिव मंदिर था। सरस्वती नदी में स्नान के बाद राजा हर रोज पहले उस मंदिर में जाते। आज उनका मन बहुत ही शांत था। स्नान के बाद उन्होंने अपने घुंघराले बालों को अपनी हाथों से सर के पीछे की तरफ रखा था जो अभी तक भीगे हुए थे। एक कन्या मंदिर की सीढ़ियों के नीचे ही एक थाल में फूल लिये खड़ी थी। उसके पास ही महादेवी यशोवती एक थाली में आरती लिये शांत भाव से राजाधिराज प्रभाकरवर्द्धन को मंदिर की ओर आते निहार रही थी। वह युवती जिसकी हाथों में पूजा के फूल थे ने सफ़ेद रंग

का रेशमी वस्त्र पहन रखा था। उसके खुले हुए काले घुंघराले बाल कमर के नीचे तक लटक रहे थे। सर के ऊपर उसने सोने का पतला सा मुकुट पहन्न रखा था जो उसके फैले हुए घुंघराले बालों को सलीके से संतुलन दे रहा था। उसकी नाक एकदम खड़ी थी और गाल भरे-भरे। उसने अपनी दोनों आँखों में पतला सा काजल लगा रखा था और माथे पर एक छोटी सी बिंदी थी। उसके हाथों की लम्बी -पतली उँगलियों में अलते का गहरा लाल रंग लगा हुआ था और कलाइयों में हरे कांच की चूड़ियाँ सुशोभित हो रही थी जिसके मध्य में सोने की दो मोटे -मोटे कंगन थे। उसकी गोल बांहों पर भी स्वर्ण आभूषण थे। कमर पर चांदी की कमरधनी बंधी हुई थीं और पैरो में चांदी के मोटे-मोटे पायल थे। उसके पैरो की उंगलियों में भी अलते का लाल रंग लगा था। पैरो में उसने कुछ भी नहीं पहन रखा था। वह दूर से अपने पिता को आते देख मुस्करा रही थी। वह राज्यश्री थी, राजाधिराज प्रभाकरवर्द्धन की इकलौती पुत्री।

राजा तेजी से उसके करीब आए। राज्यश्री ने झुककर प्रणाम किया और फिर फूलों से भरे थाल को अपने पिता के हाथों में रख दिया। पिता ने उसे वात्सल्य से देखा और कहा,

'वत्से राज्यश्री। आओ आज मिलकर आदि देव भगवान शिव की अराधना करते हैं। आज तुम्हारे कल्याण के लिए ही महादेव की अर्चना करेंगे।'

राज्यश्री ने जमीन पर अपने घुटनों के बल बैठकर पहले माता और फिर पिता का चरण स्पर्श किया और फिर कहा, 'जैसी आपकी आज्ञा।'

फिर तीनों मंदिरों की सीढ़ियों को पार करते हुए मुख्य द्वार पर पहुंचे जहाँ सोने का एक बड़ा सा घंटा लटका हुआ था। उनके पीछे -पीछे

पुजारियों का एक झुण्ड चल रहा था। राजा ने उस घंटे पर अपना दाहिना हाथ रखा और जोर से बजाया जिसकी आवाज मंदिर के प्रांगण में चारों ओर गूंजने लगी। फिर पुजारियों ने शंख बजाया। मंदिर का प्रांगण घंटों और शंखों की आवाज से तरंगित होने लगा। मन्त्रों का उच्चारण शुरू हो गया। शिवस्त्रोत गाये जाने लगे। महाराजा, महारानी और राज्यश्री ने गर्भगृह में आसन पर बैठकर सुगन्धित वातावरण में भगवान शिव की अर्चना की। वेल्पत्र, फूल, माला, जनेऊ, अबीर, भंग, दूध, सरस्वती नदी का जल और प्रसाद शिवलिंग पर चढ़ाये गए। पुरोहित मंत्रों का उच्चारण कर रहे थे। सब लोग आदि देव को प्रसन्न करने में लगे थे। राजाधिराज प्रभाकरवर्द्धन और महादेवी यशोवती ने अपने हाथों को जोड़कर ईश्वर से कुछ माँगा। राज्यश्री ने दंडवत होकर शिव की अराधना की और फिर तीनों ने अपने मन में शांत भाव लिये गर्भगृह से बाहर निकलकर माता पार्वती के मंदिर में प्रवेश किया।

विधिवत देवी-देवताओं की पूजा करने के बाद वे सभी राजमहल में पहुंचे। राजा और महादेवी यशोवती अपने अन्तःपुर में प्रवेश कर गए और राज्यश्री ने अपने अग्रज भ्राता राज्यवर्द्धन के महल की ओर रूख किया। उसे आता देख प्रहरी ने अपना सर झुकाया और महल के अन्दर जाने का रास्ता साफ़ किया। एक दूसरे प्रहरी ने तेजी से राज्यवर्द्धन के कमरे की ओर जाकर वहाँ खड़े एक अन्य प्रहरी को राजकुमारी राज्यश्री के आने की सूचना दी। राज्यवर्द्धन तुरंत ही कमरे से बाहर निकले। वह एक युवा राजकुमार थे। शरीर काफी बलशाली प्रतीत होता था। उनकी मूँछें तलवार की धार की तरह ऊपर की ओर उठी हुए थीं। गहरा गेहुआं रंग। आँखें बड़ी-बड़ी और चौड़े ललाट। भुजाएं मजबूत और लम्बी। सर पर सोने का एक जड़ाऊ मुकुट पहन रखा था। कमर में एक लम्बी सी तलवार

लटकी हुई थी। चेहरा एकदम गंभीर, जिसे देख दुश्मनों के पसीने छूट जाए। कमरे से बाहर निकलते ही उसकी दृष्टि राज्यश्री पर पड़ी। राज्यश्री ने झुककर अपने बड़े भाई के पैरो को छूकर प्रणाम किया।

'सदा खुश रहो।' राज्यवर्द्धन ने आशीर्वाद दिया और फिर आश्चर्य से पूछा, 'प्यारी बहिन, तुम अचानक से अकेली हमारे महल में क्यों आयी हो? मुझे तो तुम्हें देख चिंता हो रही है। ऐसा क्या हो गया जो तुम अकेली आयी? तुम्हारी सखियाँ और दासियाँ कहाँ हैं?'

"सब कुशल है अग्रज भ्राता। चिंता की कोई बात नहीं। आज भगवान शिव के मंदिर में हमने माता और पिताश्री के साथ पूजा -अर्चना की। उसके बाद जब मैं अपने महल में जा रही थी तब राजाधिराज ने आपके लिए कुछ संदेह दिया जिसे मुझे अकेले में ही आपको देने को कहा गया था। राजाधिराज ने आपको और भ्राता हर्ष को अकेले में मिलने को बुलाया है।'

अब राज्यवर्द्धन की ललाट की रेखाएं थोड़ी तनने सी लगी थी। उसने स्नेह से राज्यश्री की बाँहों को पकड़ा और फिर दोनों ने एक विशाल कमरे में प्रवेश किया। वहाँ कुछ प्रहरी खड़े थे, कुछ सेविकाएँ और नौकर चाकर भी। राज्यवर्द्धन ने प्रहरियों को इशारे से कमरे से दूर जाने का आदेश दिया। फिर एक सिंहासन पर खुद बैठे और पास के ही एक आसन पर राज्यश्री को आदरपूर्वक बिठा कर पूछा,

'अब बताओ बात क्या है। राजाधिराज ने तो पहले कभी भी तुम्हारे हाथों कोई सन्देश नहीं भेजा था। मुझे चिंता हो रही है।'

"मुझे पूरी जानकारी नहीं है। आज सुबह माताश्री का आदेश था कि उनके साथ शिव मंदिर में भगवन की अराधना करूँ। सुना है मौखरी

नरेश का कोई विशेष दूत महल में आया है जिसे राजाधिराज कुछ सन्देश देना चाहते हैं। राजाधिराज ने भ्राता हर्ष को भी साथ में बुलाया है। हो सकता है वह दूत से मिलने से पहले आपसे और भ्राता हर्ष से कुछ विशेष विचार-विमर्श करना चाहते हों।'

राज्यश्री ने तो यह बात बहुत ही सरलता से कही थी, किन्तु युवराज राज्यवर्द्धन ने इसकी गहराई को समझ लिया। उसने मुस्कराते हुए कहा, 'बहिन, तुम अब अपने महल में जाओ। मैंने अंदाज लगा लिया है। महादेव की कृपा होने वाली लगती है। सब मंगलमय होगा। मैं हर्ष से मिलता हुआ उसे साथ लेकर राजाधिराज के महल में जाऊंगा।'

"अग्रज, आपने क्या अंदाज लगा लिया है?' राज्यश्री ने उत्सुकता से पूछा।

'महादेव ने चाहा तो तुम्हें आज ही पता चल जाएगा। हम तुम्हारी मंगलकामना करते हैं। अब तुम अपने महल में जाओ।' इतना कहकर राज्यवर्द्धन ने दासियों को राज्यश्री के साथ जाने का आदेश दिया। राज्यश्री ने विदा लेते वक्त एक बार फिर से झुककर अपने बड़े भाई के चरणस्पर्श कर आशीर्वाद लिये और फिर वह अपने महल की ओर चल पड़ी। राज्यवर्द्धन ने हर्षवर्द्धन के महल की तरफ का रुख किया।

हर्षवर्द्धन (590-647) अभी मात्र पंद्रह साल के ही थे। किन्तु वह दिव्य तरुण से प्रतीत होते थे। शरीर लंबा और छरहरा था। उनकी लम्बी नाक के नीचे मूँछों की हल्की सी रेखाएं उभरने लगी थी। बाल एकदम काले घूँघरदार थे। थोड़े लम्बे भी जो सलीके से पीछे की तरफ फैले हुए थे। आँखें बड़ी-बड़ी और एकदम चमकदार। ललाट चौड़ी जिसमें आँखों के ऊपर हलके पतले से भौवें उभर रहे थे। जबड़े मजबूत और ओठ पतले,

जिसके अन्दर चमचमाती हुई सफ़ेद दांत। देवताओं की तरह सुन्दरता। कसी हुई बाहें और हाथों की उंगलियाँ लम्बी थी। चौड़ी कलाई में सोने के कंगन और कान में लटकते हुए स्वर्ण कुंडल उन्होंने पहन रखा था। उन्होंने अपने घूँघरदार बालों को सफ़ेद पगड़ी से बांध रखा था। शरीर पर सफ़ेद रेशमी वस्त्र और कंधे पर एक गहरे लाल रंग का अंगवस्त्र लटक रहा था। कमर में एक लम्बी सी तलवार लटक रही थी साथ ही कमरबंद में एक कटार भी मजबूती से बंधा था। एकदम इरादे का पक्का दिखने वाला कोई दिव्य तरुण प्रतीत हो रहे थे। वह अपने महल के गलियारे में टहल रहे थे कि राजकुमार राज्यवर्द्धन को दूर से ही आते देख लिया। वह शेर की भांति चले आ रहे थे। हर्ष ने लपककर उनका चरण स्पर्श किया। राज्यवर्द्धन ने उसे गले से लाते हुए कहा,

'सदा सुखी रहो मेरे अनुज, सदा सुखी रहो।' फिर दोनों ने हर्ष के महल के अन्दर प्रवेश किया। प्रहरियों को बाहर ही खड़े रहने का आदेश दिया गया।

'कैसे हो अनुज भ्राता। सब समाचार कुशल से तो है,' राज्यवर्द्धन ने पूछा।'

'जिसके बड़े भ्राता आप जैसे शक्तिशाली और गुणों से भरे हुए राजकुमार हों उनके छोटे भ्राता की कुशलता सदैव बनी रहेगी। महादेव की कृपा है,' हर्ष ने कहा।

राज्यवर्द्धन मुस्करा उठे। उन्होंने बिना रुके कहा, 'अविलम्ब राजाधिराज ने अपने महल में हम दोनों को बुलाया है। बहिन राज्यश्री के हाथों सन्देश भिजवाया। अभी तुरंत प्रस्थान करना होगा।'

'बहिन राज्यश्री!' कुछ क्षण तक हर्ष सोचते रहे और फिर कहा, 'अग्रज, सब कुशल तो है। पहले तो कभी ऐसा नहीं हुआ था।'

'राजाधिराज के पास जाने पर ही पता चलेगा। सुना है मौखरि राजा ग्रहवर्मा के प्रधान दूत महल में पधारे हैं। राजाधिराज हम दोनों भ्राताओं के साथ ही उनसे मिलेंगे,' राज्यवर्द्धन ने कहा और खड़े होकर फिर से हर्ष से कहा, 'अब विलम्ब करना कदाचित ठीक नहीं होगा। चलो, महाराज वहां इंतजार कर रहे होंगे।'

राज्यश्री के राज्यवर्द्धन के महल में आने और राज्यवर्द्धन के हर्ष से हुई मुलाकात के बीच जो समय गुजरा उसी में राजाधिराज ने सुबह की अपनी सारी तैयारियां पूरी कर ली। वह अपने महल से बाहर निकलने को ही थे कि उनके दोनों पुत्रों के आगमन की सूचना उन्हें उनके प्रधान प्राहरी ने दिया। राजा ने तुरंत अपने दोनों पुत्रों को बुला लिया। वह एक सिंहासन पर जा बैठे और अपनी दाहिनी तरफ राज्यवर्द्धन और बायीं तरफ हर्षवर्द्धन को बैठने का निर्देश दिया। बैठने से पहले दोनों राजकुमारों ने विधिवत दंडवत होकर पिता को प्रणाम किया। जब वे सब बैठ चुके थे तभी एक बार प्रहरी ने आकर महादेवी यशोवती के आगमन की सूचना दी। उनके अन्तःपुर में प्रवेश के साथ ही दोनों राजकुमार अपने आसन से खड़े हो गए और माता के चरणों को स्पर्श कर आशीर्वाद लिया। हर्ष ने अपने आसन से उठकर वहाँ पर महारानी को बैठने का आग्रह किया। वह जब बैठ चुकी तब हर्ष उनके बगल में ही जा बैठे।अब अन्तःपुर में एकदम शांति छाई हुई थी। प्रधान प्रहरी ने द्वार को बाहर से बंद कर दिया।

राजाधिराज प्रभाकरवर्द्धन ने कहना शुरू किया, 'भगवन भास्कर और आदि देव महादेव की कृपा से एक सुन्दर सा विचार मेरे मन में आया है जिसमें आपकी माता का भी समर्थन है।'

अब दोनों राजकुमार सचेत हो उठे। उन्होंने ध्यानपूर्वक महाराज के शब्दों को सुनना शुरू किया।

राजा एक क्षण रुके और फिर उन्होंने गंभीर आवाज में कहना शुरू किया, 'पुत्र, आपकी माता और मैंने सोचा है कि अब पुत्री राज्यश्री का विवाह कर दिया जाए। भारतवर्ष के कोने-कोने से राजाओं के दूत राज्यश्री के लिए अपना-अपना प्रस्ताव भिजवा रहे हैं जिनमें हमने विचार किया है कि क्यों नहीं मौखरि वंश के राजा ग्रहवर्मा, जिनका यश पूरे भारतवर्ष में है, से राज्यश्री का विवाह किया जाए।'

प्रभाकरवर्द्धन एक क्षण के लिए रुके और उन्होंने फिर कहना शुरू किया, 'पुत्र, इसी सन्दर्भ में मैंने आप दोनों राजकुमारों को खुद वत्सा राज्यश्री के हाथों अपने पास बुलाने का सन्देश भिजवाया था।'

दोनों भाइयों ने खुशी जाहिर की, किन्तु हर्ष शांत रहे। हर्ष अपने बड़े भ्राता के बोलने का इन्तजार कर रहे थे। राजकुमार राज्यवर्द्धन ने हर्ष की ओर देखा और खुश होकर कहा, ' इससे तो अच्छी सूचना कुछ हो ही नहीं सकती। बहिन राज्यश्री इस रिश्ते से खुश होगी और मौखरि वंश के साथ हम लोगों का वैवाहिक सम्बन्ध जो जाने से अपने पुष्यभूति वंश का मान भी बढेगा।'

महादेवी यशोवती अभी भी शांत मन से पिता और पुत्रों के बीच चल रहे संवादों को सुन रही थी और पुत्री राज्यश्री का स्मरण कर रही थी। उन्होंने कुछ भी नहीं कहा। सिर्फ सुनना चाहती थी। राजाधिराज ने

महादेवी की तरफ एक नजर देखा और फिर राज्यवर्द्धन की ओर मुड़ते हुए कहा,

'वत्स, इस वैवाहिक सम्बन्ध का एक गूढ़ राजनीतिक लाभ भी है। इसी बात की चर्चा के लिए तो मैंने आप दोनों को बुलाया है।'

'राजनीतिक लाभ?' इस बार हर्षवर्द्धन ने कहा।

पिता प्रभाकरवर्द्धन अब हर्ष की तरफ मुड़े और एक क्षण के लिए उनसे अपनी निगाहों को मिलाने के बाद फिर राज्यवर्द्धन की ओर देखते हुए कहा, ' हाँ, इस वैवाहिक सम्बन्ध का एक सीधा राजनीतिक लाभ भी है। मुझे भरोसा है कि पुत्री राज्यश्री मौखरि वंश में जाकर सुखी रहेगी। इसके आगे की जब सोचता हूँ तो ऐसा प्रतीत होता है कि इन दो साम्राज्यों के आपस में सम्बन्ध के जुड़ जाने के बाद मालवा के राजा और हूणों की तरफ से जो आशंकाएं पैदा हो रही हैं वह भविष्य में समाप्त हो जाएंगी।'

'आप जैसे प्रतापी राजाधिराज के होते हुए मालवा और हूणों की क्या मजाल जो पुष्यभूति अथवा मौखरि वंशों की तरफ दृष्टि उठाए,' राज्यवर्द्धन ने लम्बी सांस खींचते हुए कहा। अपने अग्रज की बातें सुन हर्ष भी सतर्क हो उठे और ध्यान से पिता और पुत्र के बीच हो रही गूढ़ राजनीतिक बातों को समझने की कोशिश करने लगे।

राजा ने तब कहा, 'पुत्र, गुप्तचरों ने सूचना दी है कि गौढ़ (बंगाल) के नरेश शशांक ने मालवा नरेश देवगुप्त से कोई गुप्त संधि की है। गौढ़ नरेश की मंशा हमारे साम्राज्य पर नहीं तो मौखरि की राजधानी कान्कुब्ज (कन्नौज) पर आक्रमण करने की है।'

अब राज्यवर्द्धन और हर्षवर्द्धन दोनों भाई गंभीर हो उठे। इस बार हर्ष ने कहा, 'आप सत्य वचन कह रहे हैं। ऐसी दुर्भावनाओं को पालने

वाले राजाओं से हमें सचेत होने की जरूरत है। राज्यश्री के विवाह के बाद दो वंशों की शक्ति के सामने कोई भी शत्रु सेना टिक नहीं पाएगी; वैसे हमारी अपनी ही सेनाएं इन दुष्ट राजाओं को धूल चटाने के लिए काफी हैं।'

'पुत्र, हमने पुष्यभूति साम्राज्य को काफी आगे तक विस्तारित कर दिया है। हमें विश्वास है कि आप दोनों राजकुमार न सिर्फ इसकी सुरक्षा तथा इसका और भी विस्तार करेंगे बल्कि आप दोनों भारत भूमि के पवित्र धर्म और सत्यता की रक्षा भी करेंगे। इन्हीं गंभीर विषयों पर मंत्रणा करने के लिए मैंने आप दोनों राजकुमारों को बुलाया था' राजाधिराज प्रभाकरवर्द्धन ने कहा।

'हम दोनों भ्राताओं के प्राण आपके साम्राज्य को समर्पित है। हम लोग बहिन राज्यश्री के होनेवाले इस विवाह से प्रसन्न हैं,' राजकुमार राज्यवर्द्धन ने पिता को वचन दिया।

राजा अब उठ खड़े हुए। इसके साथ ही तीनों जन भी उठे। राजा ने महादेवी यशोवाती की ओर देखते हुए कहा, 'महारानी, आपकी मनोकामना पूरी हो! आज ही दरबार में मौखरि साम्राज्य से आये हुए उनके प्रधान दूत को इस वैवाहिक प्रस्ताव का समर्थन कर सभी राजकुल के समक्ष पुत्री के कन्यादान का जल गिराता हूँ।'

'महादेव की कृपा अपने कुल पर बनी रहे,' यशोवाती ने कहा।'

फिर दोनों राजकुमारों ने विधिवत माता-पिता का चरण स्पर्श कर राज्यसभा में मिलने का वचन दिया। दोनों अन्तःपुर से बाहर निकले। तब राजा ने यशोवती की तरफ देखते हुए कहा, 'मन हल्का हो गया देवी। चलिए वत्सा राज्यश्री के विवाह की तैयारी कीजिये।' यह कहते हुए

प्रभाकरवर्द्धन बाहर निकल पड़े और राज्यसभा की ओर चल पड़े। प्रतिहारों ने राजाधिराज के आगमन की सूचना दी और सभा, जो कि सामंतों, मंत्रियों, परिजनों, प्रधान सेनापति और पंडितों से भरी थी शांत हो गयी।

राजाधिराज प्रभकरवर्द्धन जब सिंहासन पर बैठ चुके तब सभा के एक मंत्री ने उन्हें बुजुर्ग व्यक्ति से परिचय कराया गया, जो मौखरि राजा ग्रहवर्मा का प्रधान दूत था। भरी सभा में उसने अपने राजा के एक निवेदन पत्र को सुनाते हुए कहा,

'राजाधिराज की जय हो! मैं स्वर्गीय महाराज अवंतिवर्मा के ज्येष्ठ पुत्र ग्रहवर्मा का प्रधान दूत दक्ष हूँ। पूर्व काल में भी मौखरि और पुष्यभूति वंशों के बीच मधुर सम्बन्ध रहे हैं। मौखरि कुल की सारे जग में पहचान है। हमारे राजा ग्रहवर्मा ने दोनों कुल के बीच संबंधों को और भी प्रगाढ़ बनाने के लिए आपके कुल की लक्ष्मी आयुष्मति राज्यश्री के साथ वैवाहिक सम्बन्ध स्थापित करने की याचना की है। इस सम्बन्ध के साथ ही पूरे भारतवर्ष में दोनों कुलों की मान-मर्यादा और भी बढ़ जाएगी। मुझे विश्वास है कि पुष्यभूति के राजाधिराज जिनकी महिमा चारों ओर फ़ैली हुई है और जिनका प्रजा गुणगान करते नहीं थकते इस वैवाहिक प्रस्ताव को स्वीकार करेंगे।'

दूत दक्ष ने अपनी बातों को यहीं पर विराम देते हुए राजाधिराज प्रभाकरवर्द्धन के उत्तर की प्रतीक्षा में खड़े रहे। कुछ क्षण तक राजा सभा में उपस्थित लोगों की ओर अपनी नजरें घुमाते रहे और फिर दूत की तरफ देखते हुए कहा,

'शिव के चरण न्यास की भांति सर्वलोकनामकृत मौखरि वंश राजाओं में सिरमौर हैं। श्रेष्ठ अवन्तिवर्मा हमारे मित्र थे। उनके ज्येष्ठ पुत्र ग्रहवर्मा ने हमारी पुत्री आयुष्मति राज्यश्री के साथ विवाह की याचना की है जिसे हमने स्वीकार किया है। इससे दोनों कुलों की मर्यादा बढ़ेगी। महादेव की कृपा से दोनों वंश फले फूलेंगे। मैं आज ही अपने राज ज्योतिषियों, गुरुओं, पुरोहितों, मंत्रियों, सेनापति, अपने समस्त राजकुल तथा पुत्रों एवं महादेवी यशोवती की उपस्थिति में इस सभा में ही कन्यादान का जल गिराना चाहता हूँ।'

राजाधिराज प्रभाकरवर्द्धन के संबोधन की समाप्ति के साथ ही सभा उनकी जयजयकार से गूंज उठा। पुरोहित वेद मंत्रों का उच्चारण करने लगे। दर्जनों दासियों द्वारा राजकन्या राज्यश्री को सभा के समक्ष उपस्थित किया गया और उसे एक सुन्दर से सिंहासन पर महादेवी यशोवाती के बगल में बिठाया गया। दोनों भाई-राज्यवर्द्धन और हर्षवर्द्धन प्रसन्न मुद्रा में राज्यश्री के पास जा खड़े हुए। कुल के प्रधान पुरोहित की अगुआई में उपस्थित ब्राह्मणों ने वेद मंत्रों का पाठ किया और फिर राजाधिराज के हाथों कन्यादान का जल गिराकर सोने के एक बड़े से पात्र में पवित्र सरस्वती का जल और स्वर्ण जड़ित निमंत्रण पत्र मौखरि राज के प्रधान राजदूत के हाथों सौंपकर तथा उन्हें कीमती उपहारों से सम्मानित कर विदा किया गया। राज पुरोहित ने विवाह की तिथि निकाली और प्रसन्न होकर ग्रहवर्मा का दूत वापस लौट गया। फिर राज्यश्री के विवाह की तैयारियां की जाने लगी। सभा स्थगित कर दी गयी। राजाधिराज फिर से अपने अन्तःपुर में चले गए, राज्यवर्द्धन तथा हर्षवर्द्धन महल के बाहर अतिथि शाला में अपने कुल के परिजनों की कुशलता जानने को चले गए। वे सब अब आपस में राज्यश्री के विवाह की तैयारियों की बातें कर रहे थे।

महादेवी यशोवती ने पुत्री राज्यश्री को अपने साथ लिये अपने महल में साथ चलने का आदेश दिया। सभा भवन अब खाली हो चुका था। राज्यश्री मंद-मंद मुस्कराती हुई राजमाता के साथ चल पड़ी। उसके पीछे-पीछे उनकी दासियाँ भी चल रही थीं। एक बार फिर से सभा स्थल के मुख्य दरवाजे पर प्रहरियों को पहरा जारी रखने का निर्देश दिया गया। सभा स्थल पर अब कोई हलचल नहीं थी, सिर्फ होम के धुआं से उत्पन्न सुगंध वातावरण में तैर रहे थे जिसकी महक महल के चारों ओर फ़ैली हुए थी।

# 4

जब राज्यश्री का विवाह तय हो रहा था उसी समय उधर मालवा के राजा देवगुप्त और बंगाल नरेश शशांक के बीच एक गुप्त संधि हुई। शशांक अपनी सीमाओं को बंगाल से आगे मगध तक बढ़ना चाहता था जबकि मालवराज देवगुप्त अपने प्रबल शत्रु मौखरि राजा ग्रहवर्मा पर आक्रमण की योजना बना रहा था।

गुप्त साम्राज्य के पतन के बाद समस्त उत्तर भारत में एक उथल-पथल का माहौल हो गया था। गुप्त साम्राज्य के बड़े-बड़े सामंतों ने अपनी अलग सत्ता स्थापित कर ली थी और वे एक दूसरे से न सिर्फ शत्रुता रखते बल्कि आक्रमण करने की फिराक में भी रहते थे। इन घटनाओं के बीच प्राचीन भारत के उत्तरी इलाकों पर हूणों ने भी अपने साम्राज्य का विस्तार शुरू किया था। हूणों को रोकने में सबसे अधिक सक्षम थानेश्वर के राजा प्रभाकरवर्द्धन और उनके पुत्र राज्यवर्द्धन ही थे जिन्होंने कई बार हूणों को युद्ध के मैदान में पीछे धकेल दिया था।

थानेश्वर की सत्ता से आस पास के शासक न सिर्फ भयभीत रहते बल्कि जलते भी थे। फिर जब राज्यश्री के विवाह की बात कन्नौज के मौखरि वंश के राजा ग्रहवर्मा के साथ चल रही थी तभी मालवा और बंगाल के राजाओं की शंकाएँ और भी बढ़ गयीं। इन दोनों राजाओं को लगा कि

यदि थानेश्वर के पुष्यभूति और कन्नौज के मौखरि वंशों के बीच वैवाहिक सम्बन्ध स्थापित हो गया तो फिर ये दोनों शक्तियां आपस में इतनी मजबूत हो जाएंगी कि उनकी सत्ता को चुनौती देने वाला कोई नहीं रहेगा। तब शशांक और देवगुप्त ने आपस में मिलकर अपने साम्राज्य का विस्तार करने की योजना बनाई।

सन 605 ई. में उत्तर भारत में कई बड़ी घटनाएं एक साथ हो रहीं थीं। जब राज्यश्री के साथ ग्रहवर्मा का विवाह तय हो रहा था तभी मालवा के राजा देवगुप्त का एक दूत शशांक के दरबार में गौढ़ पहुंचा। शशांक अपने दरबार में एक ऊँचे से सिंहासन पर बैठा हुआ था। उसके आसपास उसके सेनापति, मंत्रीगण, राज पुरोहित तथा चुनिंदे सैनिकों की एक टुकड़ी खड़ी थी। उसने गुप्त साम्राज्य के एक महासामंत से आगे जाकर स्वतंत्र सत्ता की स्थापना की थी तो उसके चेहरे पर घमंड और रौब की झलक साफ़ दिखाई पड़ती थी। उसका शरीर एक बलशाली पुरुष की भांति था जिसने अपने सर पर स्वर्ण जड़ित मुकुट के अलावा गले, कलाइयों और अपनी बाजुओं में भी कीमती आभूषण लाद रखे थे। एक बड़ी सी तलवार उसके सिंहासन के दाहिनी तरफ तो था ही, साथ ही उसने अपनी बायीं कमर में भी एक बड़ी सी तलवार लटका रखी थीं। उसका रंग एकदम गोरा था। नाक खड़ी और चौड़े ललाट। उसकी बड़ी-बड़ी मूंछें उसे काफी रौबदार बनाता था। उसका चेहरा हंसमुख नहीं था। उसकी भृकुटी तनी हुई सी रहती थी और आवाज एकदम बुलंद थी। वह अपने दरबार में बैठ अपने मंत्रियों के साथ साम्राज्य विस्तार की मंत्रणा कर ही रहा था कि एक दूत ने आकर सूचना दी,

"गौढ़ अधिपति शशांकदेव की जय हो! मालवराज का प्रधान दूत दरबार में उपस्थिति की आज्ञा चाहता है। देव की आज्ञा हो तो उसे उपस्थित करूँ?'

सभा एकदम शांत हो गयी। शशांक ने अपने दूत की तरफ देखा और फिर तनकर सिंहासन प़र बैठते हुए हाथों से इशारे करता हुआ अपनी भारी आवाज में कहा,

'मालवराज हमारे मित्र हैं। उनके दूत को आदरपूर्वक सभा में उपस्थित होने की आज्ञा है। उन्हें सम्मान के साथ ले आओ।'

व्रह दूत महासामंत शशांक की जयजयकार करते हुए सभा से बहार निकला और कुछ ही क्षणों के भीतर सभा में मालावराज देवगुप्त का दूत उपस्थित हुआ। उसके पीछे-पीछे शशांक के पांच दास लोग चल रहे थे जिनकी हाथों में बड़े-बड़े परातों में रेशमी वस्त्रों से ढके हुए कीमती उपहार थे जो मालवा के दूत ने साथ लाया था। मालवा के दूत ने पूरे आदरभाव से शशांक का अभिवादन करते हुए अपना परिचय दिया,

'गौढ़ अधिपति शाशंकदेव की जय हो! मैं मलवाराज महाराजा देवगुप्त का प्रधान दूत धवल सेन हूँ। हमारे राजा ने आपके लिए कुछ उपहार भेजे हैं जिन्हें आपके द्वारा स्वीकार करने मात्र से ही मालवा राज का मान बढ़ेगा।'

शशांक ने गौर से धवल सेन की तरफ देखा और अपने अनुचरों को हाथों के इशारे से कुछ आदेश दिए। वे दूत के पीछे खड़े सेवकों के हाथों से उन परातों को उठा ले आए और उन्हें सिंहासन के पास रख दिया। आदर के साथ परातों के ऊपर से रेशमी कपड़ों को हटाने के साथ ही स्वर्ण आभूषणों की चमक दरबार में खिलने लगी। शशांक की दृष्टि एक

क्षण के लिए उन कीमती उपहारों की तरफ गयी और फिर उसने अपने मुख पर अपने रुआब को और भी बढ़ाते हुए अनुचरों को हाथों के इशारे से उन परातों को ले जाने के आज्ञा दी। परातों को उन्हीं रेशमी वस्त्रों से ढँक कर दरबार के भीतर ले जाया गया। अब शशांक दूत की तरफ मुखातिब हुआ और कहा,

'तो क्या संदेशा ले हो धवल सेन। मैं ध्यानपूर्वक सुनने को इच्छुक हूँ।'

दूत ने आदरभाव से कहना शुरू किया, 'गौढ़ नरेश शशांकदेव को मालवा की सीमाओं के आसपास चल रही हलचलों से अवगत करना हमारा कर्तव्य है। महाराज देवगुप्त ने सन्देश भेजा है कि पुष्यभूति और मौखरी वंशों के बीच वैवाहिक सम्बन्ध की स्थापना की बात सुनी जा रही है। मौखरी हमारे प्रबल शत्रु हैं। इन दोनों वंशों के बीच यदि किसी भी प्रकार का पारिवारिक सम्बन्ध स्थापित होता है तो मालवा के इलाके में इनका प्रभाव और भी बढ़ जाएगा। हमारे महाराज की चिंता यह है कि वे इस संकट से निवटने में आपकी सहायता चाहते हैं।'

'तो, हमारे मित्र मलावराज देवगुप्त की क्या आज्ञा है। खुलकर कहो दूत,' शशांक ने कहा।

दूत धवल सेन ने अपने सर कि झुकाते हुए कहा, 'गौढ़ नरेश, कुछ ऐसी गुप्त बातें हैं जिन्हें भरी सभा में नहीं सुनाई जा सकतीं। सिर्फ मैं इतना कह सकता हूँ कि मालवराज देवगुप्त महाराज स्वयं आपसे मिलने की इच्छा रखते हैं।'

दूत के इस कथन के साथ ही पूरी सभा में शांति सी छा गयी। मंत्रीगण एक दूसरे की तरफ निहारने लगे। सेनापति प्रवीर सेन सचेत हो उठे। बंगाल नरेश शशांक ने अपने सेनापति की तरफ देखा और फिर अपने

मंत्रियों की ओर नजर करते हुए एक बार फिर से मालवा के दूत के तरफ नजर दौड़ाई। मालवा के राजा के तरफ से ऐसा प्रस्ताव कभी नहीं आया था। फिर शशांक ने कहा,

'दूत! हमें मालवराज का निमंत्रण स्वीकार है। क्या तुम बता सकते हो कि मिलने की तिथि कब होगी और स्थान कहाँ होगा?'

'नर्मदा नदी के तट पर हमारे आखेट महल में आपके स्वागत की तैयारियां अभी से की जा रही हैं। अगले बसंत के मौसम में महाराजा देवगुप्त स्वयं उस महल में उपस्थित रहेंगे। आपको आखेट खेलने का निमंत्रण भी दिया है।'

अब सेनापति प्रवीर सेन जो बड़ी गंभीरता से दूत की बातें सुन रहा था ने खड़े होकर आपत्ति जताई। उसने कहा, 'गौढ़ नरेश महासामंत शशांकदेव की जय हो! वार्ता के मध्य में मैं अपने विचार रखने की आज्ञा चाहता हूँ।'

'आज्ञा है सेनापति,' शशांक ने गंभीरता से कहा।

सेनापति ने अपने राजा की तरफ सर को झुकाया और फिर दूत धवल सेन की तरफ मुखातिब होते हुए कहा,

'हे दूत! आपने जो भी संदेश अपने महाराज की तरफ से लाया है उसपर पूर्ण विचार करने का अधिकार हमारे नरेश को ही है। फिर भी, आपके क्षेत्र में जो घटनाएं घट रही हैं और जिस प्रकार आपने पुष्यभूति और मौखरी वंशों के बीच पारिवारिक संबंधों के बनाये जाने की बातों का वर्णन किया उससे मेरे मन में यह संदेह उत्पन्न हो रहा है कि हमारे नरेश का उतनी दूर नर्मदा नदी के किनारे आपके आखेट भवन में जाना ठीक नहीं रहेगा। वर्तमान में जो परिस्थितियाँ हैं उसमें हमें एक बड़ी सेना भी

साथ ले जानी होगी, जो इस शांति काल में कहीं से भी उत्तम प्रतीत नहीं होता।'

सेनापति प्रवीर सेन की बातों का उपस्थित सभा ने समर्थन किया। अब सभा में काफी शोरगुल हो रहा था। शशांक के मन में एक अलग ही योजना चल रही थी। उसने हाथों के इशारे से सभा को शांत रहने को कहा। सभा में शांति छा गयी। शशांक ने कहा,

'दूत धवल सेन, हम अपने मंत्रियों की सलाह की अवहेलना नहीं करते। हमारे लिए अभी आखेट का समय नहीं है। फिर भी हम अपने मित्र महाराज देवगुप्त से मिलने की इच्छा रखते हैं। गौढ़ साम्राज्य के प्रवेश द्वार पर एक गढ़ है जिसे हमारे साम्राज्य का पूर्वी द्वार भी कहा जाता है। यह गढ़ भारतवर्ष के एक सबसे प्राचीन पहाड़ी श्रृंखला पर उपस्थित है जहाँ से पवित्र गंगा नदी के दर्शन होते हैं। इस मनोरम स्थान का आनंद उठाने और गंगा नदी के पवित्र जल में स्नान करने का यह उत्तम अवसर होगा जब हम अपने मित्र मालवराज देवगुप्त से उस गढ़ में मिलेंगे। अगले बसंत में मिलने की योजना की जानकारी तुम अपने महाराज को दे दो।'

'जैसी गौढ़ नरेश की आज्ञा।' दूत ने कहा।

इसके साथ ही सेनापति प्रवीर सेन के मन में शांति छा गयी। वह इस बात के लिए प्रसन्न था कि गौढ़ नरेश ने उनकी बातों को स्वीकार कर लिया था। उसने हलके से अपनी मूंछों पर ताव दी। दूत को कीमती उपहारों के साथ विदा कर दिया गया। अब दोनों राजाओं के बीच होने वाली संधि की तैयारियां की जाने लगीं।

गौढ़ के पूर्वी इलाके में पहाड़ी श्रृंखलाओं के ऊपरी हिस्से पर एक छोटा किन्तु मजबूत सा काले पत्थरों का किला था जिसकी तराई में गंगा

की विशाल जलधारा बहती थी। यहां से उत्तर गंगा नदी के उस पार गौढ़ में शशांक ने अपनी राजधानी बनायी थी। पूर्वी क्षेत्र से उसकी राजधानी में प्रवेश करने का एकमात्र रास्ता उसी पहाड़ की तलहटी से था जो पतली सी गली की तरह प्रतीत होती थी। कोई भी बड़ी सेना को यहाँ पर रोका जा सकता था क्योंकि किले के दरवाजे पूर्वी रास्ते से सदा बंद रहते और उसकी दीवारें पहाड़ियों की तलहटी तक फ़ैली हुई थीं। इसके बाद गंगा नदी की विशाल जलधारा शुरू होती। यह किला शशांक के बंगाल में अपनी स्वतंत्र सत्ता को स्थापित करने के कई सदी पूर्व से स्थापित था जहाँ कभी बौद्ध भिक्षुकों का पूजा स्थल भी हुआ करता। इस किले के आस - पास के जंगलों में, पहाड़ियों के ऊपर, एक प्राचीन मानव प्रजाति का निवास स्थान था जिसे माली कहकर पुकारा जाता था। इस इलाके का मगध सम्राटों ने भी सम्मान किया था और फिर गुप्त साम्राज्य के काल में यहाँ कई सैनिक गतिविधियाँ हुई थीं। गुप्त साम्राज्य के पतन के बाद शशांक ने जब अपनी एक अलग सत्ता की स्थापना गौढ़ में की तब उसने पहाड़ियों के ऊपर बने इस गढ़ को और भी मजबूत बनाया ताकि यहां से वह अपनी सीमाओं का विस्तार मगध तक कर सके। इसी गढ़ में गौढ़ और मालवा की एक गुप्त संधि होने जा रही थी जिसने अगले चार दशकों तक उत्तरी भारत के इतिहास को बदल दिया।

बसंत ऋतु का आगमन हो चुका था। गंगा नदी के किनारे फ़ैली इन पहाड़ी श्रृंखलाओं पर पलाश के फूल उग आये थे। अपने गहरे लाल रंग की वजह से पहाड़ियों के ऊपर फैले पलाश के फूल जंगल में लगी आग की भांति प्रतीत हो रहे थे। इन फूलों पर सूरज की पहली किरण के साथ ही पक्षियों का गुणगान शुरू हो जाता। पराग की तलाश में मधुमक्खियों के झुण्ड फूलों पर बैठतीं। सखुए और सागवान के विशाल वृक्षों पर शरद्

ऋतु में गिरने वाले पत्तों की जगह नए कोमल पत्तों का जन्म हो रहा था। महुए के वृक्ष पर खिले फूल सुगंध बिखेर रहे थे। लम्बी शीत निद्रा के बाद ठंढे खून वाले प्राणी सुबह की धूप की तलाश में पहाड़ी की चट्टानों पर जा बैठते। शीतकाल के बाद इन पहाड़ियों पर जीवन का नए रूप में संचार हो रहा था, तभी गौढ़ नरेश शशांक को गुप्तचरों ने यह सूचना दी कि मालवा के राजा देवगुप्त ने उनके निमत्रण को स्वीकार कर लिया है और वे अपने थोड़े से विश्वासी सैनिकों के साथ पहाड़ी पर बने गढ़ में उपस्थित होंगे।

शशांक ने न सिर्फ गढ़ बल्कि उसके आगे तक फ़ैली अपनी सीमाओं में भी सैनिक चौकसी को बढ़ाने का आदेश दिया और साथ ही मालवराज देवगुप्त को अपने सैनिकों की सुरक्षा में किले तक सुरक्षित लाने का निर्देश देते हुए अपनी राजधानी गौढ़ से पहाड़ी किले की ओर प्रस्थान किया जहाँ एक महत्वपूर्ण संधि होने वाली थी और जिसे पूरी तरह से गुप्त रखा जाना था। उसके साथ सेनापति प्रवीर सेन के अलावा कुछ चुनिंदे मंत्री ही थे। सैनिकों के दल को किले के चारों ओर दिन-रात पहरा बनाए रखने का निर्देश दिया गया था।

शाम ढलने लगी थी जब मालवराज देवगुप्त का अपने सैनिकों के साथ पहाड़ी किले में प्रवेश हुआ। कृष्णपक्ष का समय था अतः चांद को भी कई घड़ियों के बाद प्रकट होना था। किले के अन्दर और मुख्य मार्ग पर सैकड़ों मशालों को जला दिया गया था। पहाड़ी ने नीचे उतरकर अपने मंत्रियों के साथ शशांक ने देवगुप्त का स्वागत करते हुए कहा,

'गौढ़ के साम्राज्य में आपका स्वागत है मलवराज। बहुत लम्बे समय से आपके दर्शन की प्रतीक्षा कर रहा था।'

देवगुप्त ने आगे बढ़कर शशांक को अपने गले से लगा लिया। देवगुप्त का कद शशांक से थोड़ा कम किन्तु शरीर वजनी था। रंग एकदम गेहुआं, नाक थोड़ी सी चौड़ी और आँखें छोटी किन्तु प्रभावशाली प्रतीत होती थी। उसके होंठ मोटे थे और चौड़े जबड़ों के बीच कसे हुए सफ़ेद दांत काफी मजबूत दिख रहे थे। भुजाओं से वह काफी बलशाली दिखाई देता। उसके हाथ के पंजे सामान्य मनुष्य से थोड़े बड़े किन्तु उंगलियाँ छोटी थीं। उसने सर पर नीले रंग की पगड़ी पहन रखी थी जिसमें सोने के पतले से गोल मुकुट थे जिसके मध्य में एक बड़ा सा सफ़ेद हीरा इस गोधूली वेला में भी प्रकाशित हो रहा था। मोटे किन्तु मजबूत कमर की बायीं तरफ एक चौड़ी सी तलवार लटक रही थी साथ ही मध्य में एक बड़ा सा कटार भी मजबूती से बंधा हुआ था। उसके कंधे पर एक बड़ा सा लचीला धनुष भी लटक रहा था और कंधे के दाहिनी तरफ सुनहले रंग के तरकश में आधा दर्जन से अधिक नुकीले वाण थे जिसके पीछे के हिस्से पर काले रंग के पक्षियों के पंखों से चार उभार बनाये गए थे ताकि धनुष से निकलने के बाद तीर सही निशाने पर लगे।

देवगुप्त ने जैसे ही शशंक को गले से लगाया शशांक को उसकी शारीरिक मजबूती का एहसास हुआ। उसने मन में ही सोचा कि एक मजबूत राजा के साथ उसकी मित्रता उसे अपने साम्राज्य के विस्तार में सहायता प्रदान कर सकती थी। उसने पूरे आदर भाव के साथ देवगुप्त को किले के अंदर लाया। दोनों के साथ कुछ खास मंत्रीगण भी आये थे जो आपस गले मिलकर एक दूसरे का स्वागत कर रहे थे। किले के अन्दर एक बड़ा सा रंगमहल था जहाँ दर्जनों नर्तकियों को मालवा के राजा के स्वागत के लिए पहले से ही तैयार रहने को कहा गया था।

मध्य रात्रि तक किले के अन्दर नृत्य और संगीत चलता रहा। गौढ़ की नर्तकियां मालवा के मंत्रियों को अपनी कलाओं से मोहित करने में लगी थीं। मंत्रियों की नशीली आँखें नृत्य और संगीत का आनंद ले रही थीं और उधर शशांक और देवगुप्त अपने -अपने आसन पर बैठ इन दृश्यों का आनंद उठा रहे थे। काफी रात ढल जाने के बाद किले के ऊपर जब अर्ध चन्द्र का आगमन हुआ तब सेनापति प्रवीर सेन ने गौढ़ नरेश शशांक के पास जाकर आँखों से कुछ इशारा किया। शशांक ने मालवराज की ओर देखते हुए उन्हें भोजन पर चलने का निमंत्रण देते हुए कहा,

'मित्र, आप लोग लम्बी यात्रा के बाद काफी थक गए होंगे। आशा है कि आपने नृत्य का आनंद लिया होगा। अर्ध चांदनी अब किले के ऊपर आ चुकी है जो गहन रात्रि का संकेत है। निमंत्रण है कि आप अब स्वादिष्ट भोजन का आनंद लेकर रात्रि विश्राम करें। महत्वपूर्ण बातें सुबह होगी।'

देवगुप्त ने अपनी नशीली आँखों से शशांक की तरफ देखा और फिर मुस्करा कर खड़ा हो गया। उसके खड़े होते ही वाद्य यंत्रों की ध्वनि को रोक दी गयी। नृत्यांगनाओं के पैर स्थिर हो गए। अचानक से अब रंग महल में शांति छा गयी। फिर सारे लोग भोजन के लिए दूसरे कमरे में चले गये। मेहमान और मेजबान ने एक साथ बैठकर भोजन किया और फिर उन्हें अपने -अपने कमरे में भेज दिया गया जहाँ उन्हें रात्रि विश्राम करना था।

सुबह होते ही पक्षियों की चहचहाहट के साथ देवगुप्त की आँखें खुली। उसने किले की खिड़कियों से उत्तर की ओर देखा - विशाल गंगा नदी स्थिर मन से बह रही थी। पहाड़ी के ऊपर बने किले की खिड़की से गंगा नदी के स्वच्छ जल को देख देवगुप्त के मन में उस पवित्र जल में

स्नान करने की प्रबल इच्छा हुई। उसने कमरे के दरवाजे पर तैनात एक प्रहरी को इशारे से अपने पास बुलाया और कहा,

'जाकर हमारे मंत्रियों और अपने राजा से कह दो कि हमें गंगा के इस पवित्र जल को स्पर्श करने की तीव्र इच्छा हो रही है।'

कुछ ही देर बाद देवगुप्त के सारे मंत्री किले के प्रांगण में एकत्र हुए। वहां दर्जनों पालकी लगी हुई थी। पालकी ढोने वालों का एक दल थोड़ा हटकर विश्राम कर रहा था। जब शशांक की सवारी आयी तो सभी हरकत में आ गए। फिर एक बड़े से पालकी पर देवगुप्त को बिठाया गया और खुद शशांक एक सुसज्जित पालकी पर सवार हुआ। सभी किले की ढलान से नीचे उतरने लगे। पालकी ढोने वालों के हाथों में मजबूत डंडे थे और वे नीचे की तरफ उतरते हुए गीत गा रहे थे। किले का मुख्य द्वार खोल दिया गया। वहाँ कड़ा पहरा लगा हुआ था। गंगा नदी पहाड़ी की तलहटी में एकदम सटकर बह रही थी। स्नान के लिए कुछ पक्के सीढ़ियों का निर्माण कर दिया गया था। गंगा में डुबकी लगाने के पूर्व पुजारियों ने वेदमंत्रों का पाठ किया और फिर सभी ने एक-एक कर शीतल जल का आनंद उठाया। देवगुप्त ने, जो शशांक के पास ही स्नान कर रहा था, कुछ डुबकियों के लगाने के बाद कहा,

'मित्र, मैंने आपका निमंत्रण इसलिए भी स्वीकार कर लिया ताकि मैं गंगा मैया का दर्शन कर सकूँ और इसके पवित्र जल में स्नान कर सकूँ।'

'आपका कल्याण हो, आप स्नान का आनंद उठाएं। मैं कुछ दूर तैर कर आता हूँ,' यह कहते हुए शशांक ने एक डुबकी लगाई। देवगुप्त ने देखा कि कुछ क्षण बाद शशांक उनसे कुछ दूर जाकर पानी के बाहर दिखाई दे रहे थे। शशांक को तैरता देख देवगुप्त ने भी खड़े-खड़े पानी में

डुबकी लगाई और फिर वह बाहर निकल आया। कुछ क्षण के बाद शशांक भी पानी से बाहर निकला। पुजारियों ने वेदमंत्रों का जाप करना शुरू किया। राजाओं के हाथों में फूल दिए गये और फिर गंगा जल से उन्होंने सूर्य की उपासना की। फिर सभी लोग अपनी-अपनी पालकी पर बैठकर किले ले ऊपर चले आए।

दोपहर का समय था। किले के अन्दर एक छोटा सा कमरा था। इस कमरे में कुछ आठ लोगों के बैठने की जगह थी किन्तु सिर्फ चार ही लोगों को प्रवेश दिया गया था। गौढ़ नरेश शशांक के साथ उसका प्रधान सेनापति प्रवीर सेन और मालवराज देवगुप्त के साथ उसका प्रधान मंत्री आदित्य देव था। कमरे के बाहर कड़ा पहरा लगा दिया गया था जहाँ किसी भी व्यक्ति का प्रवेश निषेध था। बात आदित्य देव ने शुरू की। उसने गौढ़ नरेश शशांक की तरफ देखकर कहा,

'गौड़ अधिपति, आपके दिए गए सम्मान से हमारे राजा प्रसन्न हैं और उनकी आज्ञा से ही मैं जिन बातों का वर्णन करने जा रहा हूँ वह हम सब के लिए चिंता का कारण है जिसका समाधान निकालने के लिए ही हमारे महाराज देवगुप्त उतनी दूर से आपके निमंत्रण पर गौढ़ पधारे हैं।'

आदित्य देव थोड़ी देर रुका और फिर उसने कहना शुरू किया,

'गौढ़ नरेश और उनके शीर्ष मंत्रियों तथा प्रधान सेनापति को इस बात की जानकारी होगी कि मालवा के आसपास जो राजनीतिक वातावरण तैयार हो रहे हैं उसमें यदि पुष्यभूति वंश तथा मौखरि वंश ने आपसी रिश्ता स्थापित कर लिया तो हमारे साम्राज्य को ख़तरा बढ़ जाएगा। मौखरी राजा ग्रहवर्मा ने स्वयं अपने विवाह का प्रस्ताव पुष्यभूति राजा प्रभाकरवर्द्धन के पास भेजकर उनकी कन्या राज्यश्री का हाथ

मांगा है। गुप्तचरों ने सूचना दी है कि पुष्यभूति वंश मौखरियों के साथ वैवाहिक सम्बन्ध स्थापित कर अपनी शक्ति को और भी बढ़ना चाहता है। यह तो मालवा के लिए सीधा खतरा है, क्योंकि मौखरियों के साथ तो हमारी पुरानी दुश्मनी है।'

'तो, इसमें हमें क्या करना होगा?' मंत्री के प्रश्नों का उत्तर गौढ़ के सेनापति प्रवीर सेन ने दिया। उसने कहा, 'आपके राजा गौढ़ से क्या उम्मीद करते हैं?'

शशांक और देवगुप्त शांत भाव से दोनों की बातें सुन रहे थे। मंत्री आदित्य देव ने कहा, 'हमारे राजा आपके साथ एक गुप्त संधि करना चाहते हैं जिससे युद्ध काल में आप हमारी सेना का साथ देंगे और आप जब कभी भी अपने साम्राज्य का विस्तार मगध की ओर करेंगे तब हमारी सेना आपके साथ होगी।'

'आपका युद्ध किससे होने जा रहा है?' प्रवीर सेन ने पूछा।

'हमारी सेना मौखरियों की राजधानी कन्नौज पर आक्रमण करना चाहती है ताकि शत्रु को सदा के लिए समाप्त कर दिया जाए। इस युद्ध में यदि पुष्यभूति राज का हस्तक्षेप होता है तब ऐसी स्थिति में हमें आपकी जरूरत होगी।'

शशांक, जो पूरी गंभीरता से मंत्री की बातें सुन रहा था ने अब हस्तक्षेप किया। उसने कहा,

'मुझे मालवराज की सहायता करने में खुशी होगी, किन्तु मेरे मन में एक प्रश्न यह दौड़ रहा है कि उतनी दूर जाकर जब हमारी सेना आपके समर्थन में लड़ेगी तो मुझे क्या लाभ होगा?'

अब मालवराज देवगुप्त की बारी थी। उसने शशांक की तरफ मित्रता का हाथ बढ़ाते हुए कहा,

'एक शत्रु के समाप्त हो जाने के बाद हम वचन देते हैं कि हम अपनी पूरी सेना के साथ आपको मगध की ओर बढ़ने में मदद करेंगे। जबतक हमारे शत्रु मौखरि वंश के राजा ज़िंदा हैं हम आपकी सहायता नहीं कर सकते।'

'मैं आपके निजी युद्ध में शामिल होकर अपनी शक्ति को क्षीण क्यों करूँ जबकि मुझे मगध की ओर बढ़ने में अपनी इस शक्ति की जरूरत है?' शशांक ने प्रश्न किया।

'गौढ़ नरेश, हम सबों ने गुप्त वंश के पतन के बाद अपनी -अपनी सत्ता स्थापित की है। मौखरि राजवंश मेरी आँखों के सामने खटकती है। उसके विनाश में आप मेरी सहायता करें। थानेश्वर के राजा प्रभाकरवर्द्धन अब वृद्ध हो चले हैं तथा उनके दोनों राजकुमार अभी बच्चे हैं। यदि उन्होंने अपनी पुत्री राज्यश्री का विवाह मौखरि वंश में कर लिया तो फिर दोनों साम्राज्यों को एक साथ पराजित करना असंभव होगा। मैं आपको वचन देता हूँ कि मौखरियों के विनाश और कन्नौज पर अपना अधिकार करने के बाद मेरी सेना कभी भी पाटलिपुत्र की तरफ नहीं बढ़ेगी।'

शशांक ने अपने प्रधान सेनापति प्रवीर सेन की ओर देखा। सेनापति ने आँखों के इशारे से इस संधि का समर्थन किया। तब शशांक ने कहा,

'मैं विश्वास करता हूँ कि इस किले के अन्दर दो राजाओं के बीच हुई गुप्त संधि के बारे में इस कमरे में बैठे चार लोगों के अलावा किसी को पता नहीं होनी चाहिए। ईश्वर आपकी सहायता करें। आप सैनिक तैयारियां

कीजिए। मेरी सेना शीघ्र ही आपके साथ होगी जिसका नेतृत्व स्वयं मैं करूंगा।'

दोनों राजा उठ खड़े हो आपस में गले मिले। मंत्री आदित्य देव और सेनापति प्रवीर सेन ने भी ऐसा ही किया। फिर सेनापति ने कमरे में रखे एक छोटी सी घंटी को बजाया। बाहर खड़े प्रहरियों से दरवाजे को खोल दिया। देवगुप्त प्रसन्न मुद्रा में कमरे से बाहर निकले। उनके मंत्रियों ने उनका स्वागत किया। वे जानने को इच्छुक हुए कि आखिरकार बंद कमरे में गौढ़ नरेश के साथ क्या बातें हुई। उन्हें सिर्फ इतना बताया गया कि मालवराज गौढ़ नरेश से मिलकर काफी प्रसन्न हुए हैं। अब वापस चलने की तैयारी की जाए।

विदाई के समय शशांक ने देवगुप्त को कीमती उपहार के साथ - साथ दर्जनों घोड़े और हाथी भी दिया। गौढ़ की सेना ने देवगुप्त को उसके विश्वासी सैनिकों तथा मंत्रियों सहित गौढ़ की सीमा तक सुरक्षा प्रदान करते हुए विदाई दी।

शशांक ने भी अपनी राजधानी गौढ़ का रुख किया। रास्ते भर वह अपनी सीमा का विस्तार मगध की राजधानी पाटलिपुत्र तक करने की सोच रहा था और उधर देवगुप्त ने मौखरि वंश के ऊपर निर्णायक आक्रमण की योजना बनाता हुआ अपने साम्राज्य की सीमा में सुरक्षित प्रवेश किया।

# 5

(राजश्री के विवाह की तैयारियों का वर्णन वाणभट्ट रचित 'हर्षचरित' में विस्तार पूर्वक किया गया है जिसका अनुवाद और विश्लेषण डॉ वासुदेव शरण अग्रवाल ने अपनी अनमोल रचना 'हर्षचरित: एक सांस्कृतिक अध्ययन' में किया है। इस अध्याय में मूल बातें इन्हीं दोनों रचनाओं से ली गयी हैं। वाणभट्ट हर्षवर्द्धन के दरबार में थे और उनके मित्र भी थे।)

पुष्यभूति वंश की राजकुमारी राज्यश्री के विवाह की तिथि जैसे-जैसे निकट आते गयी राजधानी थानेश्वर में बारातियों और कुल के लोगों, मित्रों तथा सम्बन्धियों के स्वागत की तैयारियां की जाने लगी। पुष्यभूति वंश में कुछ ही दिनों के बाद सबसे बड़ा उत्सव मनाया जाने वाला था। इससे पहले आस-पास के किसी भी साम्राज्य में किसी भी राजकुमारी का विवाह इतने भव्य तरीके से नहीं हुआ था। मंत्रियों-संतरियों, सगे सम्बन्धियों के अलावा नगर के वे सारे लोग जिनकी विवाह को सफल बनाने में जरूरत पढ़ती है सभी ने अपना योगदान देना शुरू किया।

राज्यश्री सारा समय अपने होने वाले पति ग्रहवर्मा और अपने ससुराल कन्नौज के बारे में सोचती। अभी वह मात्र बारह साल की ही थी किन्तु उसकी परिपक्वता के सब कायल थे। वह अपनी माता के साथ अपने कुल

के रीति-रिवाजों को पूरी तरह से सीख चुकी थी, अपने पिता के मूल्यवान बातों में अपना विचार रख सकती थी और अपने दोनों प्यारे भाइयों के साथ तर्क-वितर्क भी कर सकती थी। वह अपने गुरुओं द्वारा पढ़ाए गए पाठ, नृत्य और संगीत में भी प्रवीणता हासिल कर चुकी थी और अंततः वह कभी-कभी राजनीतिक मामलों में भी अपने पिता राजाधिराज प्रभाकरवर्द्धन से विचार-विमर्श कर लिया करती थी। जब से उसकी शादी की बात तय हुई थी तभी से अधिकांश समय तक वह अपने महल की दासियों और अपनी सहेलियों के साथ घिरी रहती। महल में सारा दिन आवाजाही का माहौल रहता। सगे-सम्बन्धियों का आना शुरू हो चुका था और दोनों राजकुमारों को सारा समय व्यवस्था को ठीक करने में बिताना पड़ता।

राज्यश्री के विवाह की तिथि के निकट आते ही पूरा राजकुल व्यस्त हो उठा था। राजा का आदेश था कि जो भी व्यक्ति इस विवाह में शामिल होने के लिए आएं उनका स्वागत कोमल कपड़े में लिपटे सुगन्धित इत्र से किया जाए और उन्हें पान का बीड़ा अवश्य दिया जाए। महल में घूमते दास दासियों को इस काम की जिम्मेदारी दी गयी थी। महलों को सुसज्जित रूप से सजाने के लिए देश विदेश से शिल्पियों को आमंत्रित किया गया था। राजा ने बहुत सारे लोगों को गाँव-देहातों की ओर रवाना कर दिया था जो वहां से ताजे फलों और सब्जियों को ला रहे थे।

पड़ोस के जो भी राजा आते वे अपने साथ कीमती उपहार ला रहे थे जिन्हें राजाधिराज प्रभाकरवर्द्धन के पास पहुंचाया जा रहा था। राजा के विशेष प्रिय लोगों को आदरपूर्वक ठहराने की व्यवस्था राजकुल के रिश्तेदारों की थी। ढोल और बाजे बजाने वालों को पीने के लिए शराब दे दी गयी थी जो नशे में मग्न हो जोर-जोर से नृत्य करते हुआ ढोल पीट रहे

थे। राज मिस्त्रियों का सत्कार सफ़ेद फूलों और रंगीन वस्त्रों से किया गया। उन राज मिस्त्रियों को विवाह की वेदी को बनाने के लिए आमंत्रित किया गया था। महलों को फिर से रंग -रोगन दिया जा रहा था। पुताई करने वाले कारीगर हाथों में कूचियों को लिए और अपने कन्धों पर चूने से भरी बाल्टियों को बांधे सीढ़ियों पर चढ़कर राजमहल, उसकी शिखाओं तथा चहारदीवारी को पोत रहे थे। पूरा महल सफ़ेद दिख रहा था। पीसे हुए कुसुम के धोने से जो रंग आँगन में बह रहा था उससे आने-जाने वालों के पैरों को रंगा जा रहा था।

राजाधिराज प्रभाकरवर्द्धन ने राज्यश्री की शादी में दहेज़ में देने के लिए हाथियों और घोड़ों की कतार लगा दी थी। उन विशालकाय हाथियों और मजबूत नस्ल के घोड़ों को आँगन में एक कतार में खड़ा कर रखा गया था। ज्योतिषियों के बैठने के लिए एक अलग स्थान का निर्माण कराया गया था जो विवाह के लग्न की गणना में लगे हुए थे। राजद्वार के बाहर कोठे पर सुनारों को सोने के आभूषण गढ़ने के लिए बिठाया गया था जहाँ से लगातार ठक-ठक की आवाज आ रही थी। चित्रकारों को मांगलिक चित्र बनाने का आदेश दिया गया था। मिट्टी के खिलौने बनाने वाले कारीगर विभिन्न पशु-पक्षियों के खिलौने बना रहे थे।

जब राज्यश्री की शादी की तिथि और भी निकट आ गयी तब विभिन्न कोने से आए राजाओं ने भी अपनी -अपनी पगड़ियों को बांध कर सजावटों के काम में जुट गए। कोई राजा सिंदूरी रंगों से फर्श को चमका रहा था तो कोई शादी की वेदी के खम्भों को अपनी हाथों से खड़े कर रहा था। कुछ राजा आम के पल्लवों तथा लाल कपड़ों से उन खम्भों को सजा रहे थे। सामंतों की स्त्रियाँ सुहावने वेशों में सजकर अपने माथे पर सिन्दूर लगा सवेरे से ही ब्याह कार्य में आँगन में घूम रहीं थीं। कुछ वर-वधू के

नामों को लेकर गीत गा रही थीं। कुछ चित्रकारी कर रही थीं तो कुछ कपड़ों में रंग लगा रही थीं। कुछ कुमकुम तैयार कर रही थीं जिसे उबटन में मिला कर वधू राज्यश्री को लगाया जाना था। रंगे हुए वस्त्रों पर हल्दी लगाकर उसमें चुन्नट डालकर रखा जा रहा था। उन दिनों सूती और रेशमी वस्त्रों के छह प्रकार थे जिन्हें क्षौम, बादर, दूकूल, लालातन्तुज, अंशुक और नेत्र कहा जाता था। अंकुश की उपमा मंदाकिनी के श्वेत प्रवाह से और क्षौम की दुधिया रंग के क्षीरसागर से की गयी है। लालातन्तुज का अर्थ रेशम से लगाया गया है जबकि नेत्र वस्त्र रेशमी वस्त्र का एक प्रकार का डोरी बताया गया है। इसे धोती के ऊपर मेखला की तरह बंधी जाती थी। राजाओं के पहनने के लिए कुंचक तैयार किए गए थे जिनपर चमकीले मोतियों की कढ़ाई का काम किया गया था।

राज्यश्री के विवाह के लिए जो मंडप बनाए गए थे उनकी छतों को एक प्रकार के वस्त्रों को जोड़कर बनाया गया था जिसे स्तवरक कहा जाता था। यह वस्त्र रेशम का भारी वस्त्र था जिसे मूल रूप से पर्शिया से आयत किया गया था। पूरे मंडप को झालरों से सजाया गया था। खम्भों पर चित्रकारी किए गए कपड़े लपेटे गए थे। रानी यशोवती विवाह की तैयारियों को खुद से देख रही थी और ऐसा प्रतीत हो रहा था मानो वह कई रूपों में अवतरित हो गयी हों।

विवाह के दिन प्रातःकाल से राजकुल और अतिथियों के अलावा अन्य बाहरी लोगों को प्रहरियों ने आँगन से बाहर कर राजा और राजकुल को एकांत प्रदान किया। उसी समय एक प्रहरी ने राजाधिराज प्रभाकरवर्द्धन जो कि आँगन में ही एक सिंहासन पर बैठे थे को आकर सूचना दी,

'महाराज की जय हो! जमता के घर से एक दूत ताम्बूल लेकर आया है जो महाराज से मिलने की इच्छा रखता है।'

यह राज्यश्री के ससुराल से आया हुआ सगुन था। इस शुभ सगुन को प्राप्त करने के बाद ही बरात का आगमन होना था। राजा ने तुरंत उस दूत को आँगन में ही बुला लिया और पूछा,

'बालक! हमारे जमाता ग्रहवर्मा तो कुशल से हैं?'

मौखरि दरबार से आया दूत ने अपने पैरो को थोड़ा और आगे बढ़ाया और राजा के निकट आकर अपनी भुजाओं को फैलाते हुए कहा,

'देव कुशल से हैं और प्रणाम पूर्वक आपकी अर्चना करते हैं। बारात महाराज की सीमा के अंदर आ चुकी है। '

'वाह! रात्रि के प्रथम पहर में विवाह-लग्न साधना चाहिए, जिससे कि कोई दोष न हो।' इतना कहकर प्रभाकरवर्द्धन ने दूत को भेज दिया।

सायंकाल लग्न समय से कुछ पहले ग्रहवर्मा की बारात महल के पास आयी। सैकड़ों हाथी-घोड़ों के पैरो से उठी हुई धूल चारों दिशाओं में फ़ैल गयी। बारात के आगे लाल रंग का सौभाग्य ध्वज फहर रहा था। बारात के आगे सैकड़ों लोग लाल चाँवर फहराते हुए चल रहे थे। उनके पीछे कान उठाए घोड़ों के झुण्ड हिनहिनाते हुए आ रहे थे। उसके पीछे कतारों में हाथियों के झुण्ड थे। सभी हाथियों को सोने और फूलों से सजाया गया था।

स्वर्ण मालाओं से सजी हुई एक विशाल हथिनी के ऊपर वर ग्रहवर्मा सवार थे। उसके आगे कुछ लोग बाजों को बजाते हुए चल रहे थे और कुछ लोग सुगन्धित दीपक लिए हुए आगे बढ़ रहे थे। ग्रहवर्मा के सर पर

खिले हुए पुष्पों की माला थी जिसके बीच में फूलों का सेहरा सजा था। गले में फूलों का गजरा सुशोभित हो रहा था।

जब बारात द्वार के पास आ गयी तब राजाधिराज प्रभाकरवर्द्धन पैदल ही चलकर उसके स्वागत के लिए आए। ग्रहवर्मा ने नीचे उतरकर राजा को प्रणाम किया। राजा ने उन्हें अपनी बांहों को फैलाकर आलिंगन दिया। फिर हाथ पकड़कर वर को भीतर ले जाया गया जहाँ उनका विधिवत स्वागत किया गया।

जब वर ग्रहवर्मा एक सिंहासन पर बैठे तभी गंभीर नामक एक राजा के प्रिय विद्वान ब्राह्मण ने उनसे कहा, '

'हे तात! राजकन्या राज्यश्री के साथ तुम्हें सम्बन्ध पाकर पुष्यभूति और मौखरि दोनों वंश धन्य हुए।'

ज्योतिषियों का एक समूह जो विवाह को संपन्न कराने हेतु आया था ने तत्काल कहा,

'लग्न का समय निकट है। जमाता कौतुक गृह में चलें।'

इसके बाद ग्रहवर्मा को अन्तःपुर में प्रवेश कराया गया जहाँ से उन्हें कौतुक गृह के द्वार पर रखा गया। वहां कुछ प्रिय सखियों एवं स्वजन स्त्रियों से घिरी हुई लाल रंग के घूँघट ओढ़े, कानों में मोतियों की बालियाँ तथा पन्ने का कर्णभरण पहने वधू राज्यश्री खड़ी थी जिसे वर ने पहली बार देखा। फिर कुछ स्त्रियां वर को कोहबर में ले गयीं। उसके बाद वर-वधू का हाथ पकड़ विवाह मंडप की वेदी पर लाया गया। वेदी को सफ़ेद रंगों से सजाया गया था जहाँ आरंभ से ही निमंत्रित लोग जमा थे। वेदी के पास कलशों को सजाया गया था।

अब पुरोहितों के आदेश से वर ग्रहवर्मा वधू राज्यश्री के साथ वेदी पर आ गए जहाँ अग्नि प्रज्वलित हो रही थी। पुरोहितों ने वेदमंत्रों का उच्चारण शुरू किया और स्त्रियों ने विवाह के गीत गाए। फिर वर और वधू को अग्नि के फेरे लगाए गए। फूलों की बारिश की गयी और हल्दी से रंगे चावलों को वर-वधू के सर पर छींट कर उन्हें आशीर्वाद दिया गया। विधि-विधान से विवाह संपन्न हुआ और फिर वर-वधू ने माता- पिता को प्रणाम किया।

विवाह संपन्न हो जाने के बाद वर और वधू को वासगृह में प्रवेश कराया गया जहाँ कामदेव की आकृति चित्रित थी। उसमें मंगल दीप जल रहे थे। वासगृह की भित्तियों पर गोल दर्पण लगे हुए थे जिसमें राज्यश्री के मुख का प्रतिबिम्ब पड़ रहा था। यह गृह कुछ-कुछ शीश महल की तरह था।

बाहर से जितने भी लोग आये थे वे सब अपने-अपने स्थानों पर विश्राम को चले गये। विवाह स्थल पर कुछ क्षण पहले तक हो रही हलचल अब सन्नाटे में बदल गयी थी। सिर्फ मंडप के दीप प्रज्वलित हो रहे थे। ग्रहवर्मा दस दिनों तक अपने ससुराल में रहे। इसके बाद वर-वधू को विदा कर दिया गया। राज्यश्री ने अपने ससुराल में पहला कदम रखा जहाँ वह अपने भविष्य के सपने देख रही थी।

# 6

अपनी प्रिय पुत्री राज्यश्री के विवाह हो जाने के बाद राजाधिराज प्रभाकरवर्द्धन ने एक बार फिर से भारत भूमि से हूणों को उखाड़ने की योजना बनायी। किन्तु इस बार वे इस जिम्मेदारी को अपने बड़े पुत्र राज्यवर्द्धन को सौंपना चाहते थे। राज्यश्री के विवाह के समय राज्यवर्द्धान की उम्र मात्र उन्नीस साल थी, किन्तु पिता ने देखा कि उसका बड़ा पुत्र अब कवच पहनने की उम्र में प्रवेश कर चुका है तो उन्होंने फैसला किया कि हूणों को खदेड़ने की जिम्मेदारी अब पुत्र को ही दिया जाना चाहिए।

प्रभाकरवर्द्धन, जिन्होंने कई बार हूणों को पराजित किया था, को 'हूणहरिणकेसरी' भी कहा गया है। हूणों के साथ उनकी सबसे बड़ी लड़ाई 575 ई. में हुई थी जिसमें हूण सेना को पराजित कर उन्होंने यह उपाधि धारण की थी। इससे पहले भी मालवा के शासक यशोधर्मन और नरसिंह गुप्त बालादित्य ने हूण राजा मिहिरकुल को 533 ई. में मध्य भारत से उखाड़ दिया था। तब मिहिरकुल ने कश्मीर में जाकर शरण ली जहाँ 542 ई. में उसकी मृत्यु हो गयी। मिहिरकुल की मृत्यु के बाद भी हूण गांधार तथा कश्मीर में जमे हुए थे, जिन्हें अब प्रभाकरवर्द्धन अपने बड़े पुत्र राज्यवर्द्धन को नेतृत्व देकर भारत से धकेल देना चाहते थे।

राज्यश्री के विवाह में संपन्न हो जाने के समय हर्षवर्द्धन की उम्र लगभग पंद्रह साल की थी। राज्यवर्द्धन उनसे चार साल बड़े थे। पिता की नजर में अब राज्यवर्द्धन युद्ध का नेतृत्व करने के काबिल हो चुके थे। अतः पिता ने सबसे पहले उन्हें हूणों के सफाया करने के लिए एक बड़ी सेना के नेतृत्व का आदेश दिया।

राज दरबार सजा हुआ था। सेनापति, मंत्रियों, सामंतों तथा पुरोहितों की उपस्थिति में प्रभाकरवर्द्धन ने अपने पुत्र राज्यवर्द्धन से कहा,

'पुत्र, राज्यश्री के विवाह के बाद अब मेरे सामने सबसे बड़ी जिम्मेदारी भारत भूमि से हूणों के विनाश की है। पूर्वकाल में मैंने हूणों को पराजित कर मध्य भारत से पीछे धकेल दिया था। उस समय तुम्हारा जन्म भी नहीं हुआ था। साम्राज्य को स्थिर रखने के लिए हूणों से हो रहे खतरे से निबटना ही होगा। किन्तु मैं अब इसकी जिम्मेदारी तुम्हारे हाथों सौंपना चाहता हूँ।'

राज्यवर्द्धन अपने आसन से उठ खड़े हुए और पिता को प्रणाम करते हुए कहा,

'राजाधिराज, यह मेरा सौभाग्य होगा कि मैं अपने कुल की और आपके द्वारा बनाए गए साम्राज्य की रक्षा के लिए एक विदेशी शक्ति हूण से युद्ध करूंगा। मैं आपको विश्वास दिलाता हूँ कि भारत भूमि को मैं हूण रहित कर दूंगा।'

दरबार में उपस्थित मंत्रियों, प्रधान सेनापति सिंहनाद, अश्व सेनापति कुंतल और गज सेना अध्यक्ष स्कंदगुप्त ने राजा के विचारों का समर्थन करते हुए युद्ध में पूरी शक्ति के उपयोग करने का उपयोग करने का भरोसा दिलाया। सेनापति सिंहनाद ने कहा,

'राजन ! राजा का कर्तव्य है कि जब पुत्र कवच धारण करने योग्य हो जाए तो उन्हें शत्रुओं के विनाश के लिए बड़ी सेना का नेतृत्व करने को युद्ध भूमि में भेजना चाहिए। अपने सही निर्णय लिया है। हमारी सेना के सामने कोई भी सेना नहीं टिक सकती। हूण विजय का श्रेय युवराज राज्यवर्द्धन को मिलनी ही चाहिए।'

सभा में बैठे मंत्रियों ने भी इसका समर्थन किया। फिर सेनापति सिंहनाद ने युवराज से कहा, 'आपके महान पिता राजाधिराज 'हूणहरिणकेसरी' ने अपनी युवावस्था में हूणों को अपनी तलवार की धार का स्वाद चखाया था। मैं इसका साक्षी रहा हूँ। अब हम लोग अपनी आधी उम्र से भी अधिक पार कर चुके हैं। एक न एक दिन पुष्यभूति वंश को सुरक्षित रखने तथा साम्राज्य को आगे बढ़ने की जिम्मेदारी तो युवराज के कन्धों पर ही आयेगी। अतः मैं समझता हूँ कि यह सही अवसर है कि उत्तर दिशा में जमें हुए हूणों को सदा के लिए भारत भूमि से बाहर निकाल दिया जाए।'

तब राजा ने कहा, 'हूण विजय के लिए इस बार युवराज राज्यवर्द्धन के साथ पुराने मंत्रियों तथा महा- सामंतों की एक विशेष टोली भी साथ रहेगी।'

राजा के कथन पूरा होने के साथ ही सभा में बैठ दर्जनों महा-सामंतों और मंत्रियों ने खड़े होकर राज्यवर्द्धन के साथ युद्ध में जाने की हामी भरने लगे। तभी अचानक हर्षवर्द्धन भी उठ खड़े हुए और कहा,

'राजाधिराज, कृपया आप मुझे इस सम्मान से वंचित न करें। हूणों के साथ युद्ध मैं भी कर सकता हूँ। मुझे भी अपने अग्रज भ्राता के नेतृत्व में एक सैनिक की भांति युद्ध भूमि में जाने का सौभाग्य प्रदान किया जाए।'

किन्तु सेनापति सिंहनाद ने इसपर आपत्ति जाहिर की। उन्होंने कहा, 'युवराज के युद्ध भूमि में चले जाने के बाद राज काज में राजाधिराज की सहायता हेतु हर्ष का थानेश्वर में रहना ही उचित होगा ताकि शत्रुओं को यह न लगे कि दोनों युवराजों के युद्ध में चले जाने के बाद राजधानी खाली हो गयी है।'

मंत्रियों ने सिंहनाद की बातों का समर्थन किया। किन्तु हर्ष अपनी जिद पर अड़े रहे। हर्ष ने कहा, 'सभाजनों, अपने अग्रज भ्राता की छत्रछाया में शत्रुओं से युद्ध करना ही मेरा सौभाग्य है। मैं इस सौभाग्य को खोना नहीं चाहता। राजाधिराज, मुझे भी हूणों को धूल चटाने का अवसर मिलना चाहिए।'

अब राजाधिराज प्रभाकरवर्द्धन ने हस्तक्षेप किया। उन्होंने कहा,

'यह जानकार मुझे प्रसन्नता हुई कि सेनापति सिंहनाद, मंत्रियों तथा महा-सामंतों को थानेश्वर की सुरक्षा की चिंता सदा बनी रहती है। किन्तु मैं सभा को स्पष्ट कर देना चाहता हों कि मेरे जीवन काल में कोई भी शत्रु यह दुस्साहस नहीं कर सकता कि वह थानेश्वर की तरफ आँख उठाकर देखे। यह सब आपके समर्थन और हमारी सेना की महानता के कारण ही संभव हुआ है। इसलिए मैंने निर्णय किया है कि हर्ष को इस युद्ध में अपने अग्रज भाई के साथ सहयोग करने का सुअवसर दिया जाए।'

राजा के फैसले के बाद सभा शांत हो गयी। सभी ने रजा तथा राजकुमारों की जयजयकार की। गज सेनाध्यक्ष स्कंदगुप्त से हाथियों के एक विशाल बेड़े को तैयार करने का आदेश दिया गया। सेनापति सिंहनाद ने कुंतल को अश्व और पैदल सेना को तैयार करने का आदेश दिया।

ये सारी तैयारियां कुछ ही दिनों में कर ली गए और विदाई के समय एक विशाल सेना को महल के बाहर खड़ा कर उसकी पूजा-अर्चना की गयी। महादेवी यशोवती ने स्वयं अपने हाथों से राज्यवर्द्धन और हर्षवर्द्धन को तिलक लगाया। दोनों ने सफ़ेद रंग का कवच धारण किया था। राज्यवर्द्धन एक सफ़ेद घोड़े पर सवार हुए जबकि हर्ष का घोड़ा भूरे रंग का था जिसके चारों पैर घुटने तक सफ़ेद थे। हाथियों और घोड़ों के गर्जन से वातावरण गूंज रहा था। राज पुरोहित मंत्रों का जाप कर रहे थे। स्त्रियाँ महलों की छतों से फूलों की बारिश कर रहीं थीं। फिर पिता प्रभाकरवर्द्धन ने दोनों पुत्रों को एक साथ गले से लगाया और सेनापति को कूच करने का आदेश दिया। दोनों युवराज अपने-अपने घोड़े पर सवार हो गए और एक नजर महादेवी यशोवती को देख घोड़ों की लगाम मोड़ दी। यशोवती के नयन भरे हुए थे। उन्होंने अपनी भावना को प्रदर्शित नहीं होने दिया।

राज्यवर्द्धन की सेना कई दिनों तक उत्तर की ओर आगे बढ़ने के बाद जब हिमालय की तराई में पहुंची तब अचानक से हर्षवर्द्धन का बाल मन आखेट के लिए उत्साहित हो उठा। उन्होंने हिमालय के जंगल में आखेट करने के लिए अपने भाई से इजाजत मांगी। राज्यवर्द्धन को अपनी स्वयं की शक्ति पर पूरा भरोसा था और वह खुद चाहते थे कि हर्ष वापस लौटकर पिता की सेवा में चला जाए जहाँ वह राज-काज में मदद भी कर सके। उन्होंने हर्ष के प्रस्ताव को सहर्ष स्वीकार कर लिया। उन्होंने सेना की एक टुकड़ी को हर्ष के साथ ही लगे रहने का आदेश दिया और उसके लिए आखेट की पूरी व्यवस्था कर आगे को कूच कर गए।

हर्ष कुछ दिनों तक हिमालय के जंगल में आखेट का आनंद उठाते रहे। एक दिन वह अपने खेमे में सोये हुए थे। रात्रि का समय था। उन्होंने

एक सपना देखा- 'एक शेर आग में जल रहा है और अपने बच्चों को छोड़कर शेरनी आग में कूद रही है।'

हर्ष की नींद खुल गयी। वह घबड़ा उठे। उन्होंने अपनी हाथों से खुद को छूकर देखा। पूरा शरीर पसीने से लथपथ था। वह और भी घबड़ा उठे। उनके मन में कई तरह की आशंकाएं उठने लगी। सबसे पहले उन्होंने अपने भाई के बारे में सोचा। फिर अनुमान लगाया कि वह अभी हूणों से दूर होंगे। फिर अचानक से उन्हें अपने माता-पिता की याद आने लगी। उन्होंने किसी से कुछ भी नहीं कहा, सिर्फ आँखें बंद कर रात काटी। हर्ष को यह रात काफी लम्बी लग रही थी, किन्तु सुबह को तो होना ही था।

सूर्योदय होने के साथ ही हर्ष अपने खेमे से बाहर निकले। उनके सैनिक और सामंत भी उठ चुके थे। सारी रात पहरा देने वाले सैनिक अब थोड़ा विश्राम कर रहे थे और उनकी जगह नए सैनिकों ने पहरा देना शुरू किया था। हर्ष ने हिमालय की तराई वाले जंगलों में तरह-तरह के चिड़ियों की आवाजें सुनीं। फिर भी उनका मन मोहित नहीं हुआ। वह दूर टकटकी लगाए उस रास्ते की ओर देखने लगे जो उनके साम्राज्य की सीमा की तरफ जाता था। वह थानेश्वर से बहुत दूर निकल आए थे, एक तरफ आगे भाई का सैनिक काफिला बढ़ रहा था और दूसरी तरफ उनके पिता का वह महल था जहाँ वे दोनों पुत्रों के बिना अकेले थे। हर्ष का मन और भी विचलित हो गया। उन्होंने फिर उस रास्ते की ओर देखा जिधर से वे अपनी राजधानी की ओर जा सकते थे। उन्होंने देखा दूर से एक जाना पहचाना व्यक्ति आ रहा था। वह व्यक्ति तेजी से अपने घोड़े को हर्ष के खेमे की ओर भगाते हुए आ रहा था। उसकी तेज रफ्तार की ओर हर्ष खुद कुछ कदमों तक आगे बढ़े। हर्ष ने उसे दूर से ही पहचान लिया। वह दूरगामी

लेखहारक कुरंगक था। वह व्यक्ति थानेश्वर साम्राज्य का सबसे तीव्र गति वाला संदेशवाहक था। उसके सर पर नीली पट्टी की माला बंधी थी। वह हर्ष के पास आकार रुका और प्रणाम करते हुए उनके हाथों में एक लिखित पत्र दिया। फिर वह शांति से सर को झुकाए खड़ा रहा। हर्ष ने तेजी से पत्र को पढ़ा और चिंतित होकर उस संदेशवाहक देखा और कहा,

'कुरंगक, पिता जी को कौन सी बीमारी हुई है।'

'देव! महान दहज्वार (तेज बुखार) है,' कुरंगक ने दुखित मन से कहा।

हर्ष अचानक से काफी दुखित नजर आने लगे। उनकी आँखों में आंसू उभर आए। वह उसे दूत के सामने प्रकट नहीं करना चाहते थे। उन्होंने अपनी गर्दन को पीछे की तरफ घुमाई। देखा एक प्रहरी खड़ा था। उन्होंने भीगी पलकों से कहा,

'युवक, मेरे घोड़े की जीन तुरंत कस दी जाए।'

वह एक युवा प्रहरी था। उसके हाथों में एक नंगी तलवार थी। वह तेजी से पीछे की ओर बढ़ा और दूर से ही उसने अश्वपाल को पुकारा। अश्वपाल ने तेजी से हर्ष के घोड़े की जीन कस दी। उसे तेजी से लाकर हर्ष के सामने खड़ा कर दिया। अब खेमे में हलचल तेज हो गयी थी। सैनिक सामान समेटने लगे। खेमे से सामानों को निकाल कर जानवरों पर लादा जाने लगा। सामंत लोग तेजी से तैयार होकर अपने-अपने स्थानों पर आ गए। सैनिकों ने पंक्तिबद्ध तरीके से खुद को सजा लिया। कुछ सामंत आपस में बातें करने लगे कि राजाधिराज प्रभाकरवर्द्धन बीमार हो गए हैं। हर्ष तुरंत ही अपने घोड़े पर सवार हो गए। उन्होंने अपनी सैनिक टुकड़ी को कूच करने का आदेश दिया। एक सैनिक ने जोर से शंख बजाया। सारे घुड़सवार आगे बढ़ने लगे। कुछ सैनिक आगे की ओर तेजी से बढ़े जो

ग्रामीणों से रास्ता पता कर रहे थे। अगली सुबह वे स्कन्धावार पहुंचे जहाँ राजकीय छावनी बनी हुई थी। इस छावनी में थोड़ी देर विश्राम करने के बाद काफिला फिर आगे की ओर बढ़ा और शीघ्र ही राजधानी थानेश्वर में प्रवेश कर गया।

# 7

राजाधिराज प्रभाकरवर्द्धन का सफ़ेद महल उदास दिख रहा था। नगर में भी उदासी सी छाई हुई थी। लोग चिंतित भाव से अपने राजा के बीमार हो जाने की बातें कर रहे थे। राज्य में सारे उत्सव रोक दिए गए थे। हाट-बाजार हर जगह उदासी छाई हुई थी। हर्षवर्द्धन ने जब अपने महल को दूर से ही देखा तब उन्हें कुछ अच्छा नहीं लग रहा था। नगर और महल के आस पास इस तरह की उदासी उन्होंने पहले कभी नहीं देखी थी। उनका दिल धड़कने लगा; फिर भी उन्होंने अपने पर संयम रखा और महल के द्वार पर घोड़े से उतर कर महल के अन्दर तक पैदल ही जाने का निर्णय लिया ताकि राह में मिलने वाले सामंतों तथा परिवार के लोगों से अपने पिता का हाल छाल पूछ सकें।

हर्षवर्द्धन जैसे ही अपने घोड़े से नीचे उतरे उन्होंने सुषेन नामक एक युवा वैद्य को महल से बाहर की तरफ आते देखा। सुषेन ने हर्षवर्द्धन को महल में आते देखा तो उनकी ही तरफ मुड़े। हर्ष ने सुषेन से पूछा,

'युवा वैद्यकुमार, आप तो महल के अंदर से आ रहे हैं, कृपया बताइए कि मेरे पिता जी की हालत क्या है?'

सुषेन ने कहा, 'युवराज, अभी तो महाराज की अवस्था में कोई सुधार नहीं है। आपके मिलने के बाद कदाचित हो जाए।'

हर्ष ने महल के अन्दर प्रवेश किया। उन्होंने देखा वहां परिवार जनों, सामंतों, पुरोहितों तथा अन्य धर्मों के भिक्षुकों की भीड़ लगी हुई थी। पूजा पाठ चल रहा था। देवताओं को खुश करने के लिए होम किए जा रहे थे। ब्रह्मणों को दान दिया जा रहा था। पुरोहित लोग वेद मंत्रों का जाप कर रहे थे। राजमहल के खुले प्रांगण मे कई देशों के राजा बैठे थे। उनकी उत्सुकता तब और बढ़ जाती जब महल के अन्तःपुर से कोई बाहर निकलता। जैसे ही कोई बहार निकलता आँगन में बैठे राजा और सामंत राजाधिराज प्रभाकरवर्द्धन की सेहत का हाल पूछते। जब उन्हें बताया जाता कि उनकी स्थिति अभी ठीक नहीं है तो वे लोग निराश हो उठते और आपस में ही तरह-तरह की बातें करने लगते।

एक सामंत ने दूसरे से कहा, 'मान्यवर, यह तो बहुत ही गंभीर स्थिति है। राज वैद्य ने अभी तक कोई कुशल समाचार नहीं भेजा। मुझे तो महाराज के लिए घोर चिंता हो रही है।'

दूसरे सामंत ने उत्तर देते हुए कहा, 'ऐसी परिस्थिति में युवराज राज्यवर्द्धन भी नहीं हैं। अभी छोटे युवराज हर्ष आये हैं। शायद उन्हें देख महाराज को बल मिले।'

'पुरोहित लोग तो ग्रह शांति का विधान कर रहे,' तीसरे सामंत ने कहा।

'यह तो जरूरी है। मैं देख पा रहा हूँ कि भूतों से रक्षा के लिए बलि भी दी जा रही है। शायद इससे कोई लाभ प्राप्त हो।

एक सामंत ने फुसफुसाते हुए कहा, 'मुझे तो संदेह है कि सम्राट को किसी नर-पिशाच ने घेर रखा है।'

'मुझे भी कुछ ऐसा ही लग रहा। देखते नहीं हैं ब्रह्म मंत्रों का जाप किया जा रहा है। ये नर-पिशाच होते ही ऐसे हैं। बहुत आसानी से नहीं जाते,' तीसरे सामंत ने कहा।

ऐसी ही स्थिति राज द्वार के बाहर की थी। चूंकि नौकर-चाकरों का प्रवेश पर महल के अन्दर रोक लगा दिया गया था तो वे लोग महल के बाहर दरवाजे के पास आपस में कानाफूसी कर रहे थे। ये नौकर -चाकर अलग -अलग झुण्ड बना कर बैठे थे। सभी के चेहरे मलीन थे। ये लोग आपस में धीमे स्वर में बातें कर रहे थे। एक ने तो वैद्य पर ही संदेह व्यक्त करते हुए कहा,

'मुझे तो ऐसा लगता है भाई कि वैद्य राज कुछ कर पा ही नहीं रहे हैं। भाई! जब जीवन ही अनित्य है तो क्या किया जा सकता है।'

दूसरे नौकर ने कहा, 'यह सब पिशाच का खेल लगता है। देवता लोग भी कुछ नहीं कर पा रहे।'

एक ने धर्म की उलाहना देते हुए कहा, ' संसार दुखों का खान है। अभी तो राजकुमारों पर भी संकट आ पड़ा है। महाराज को कितने दिनों से नहीं देखा। भीतर क्या चल रहा है कोई नहीं जानता।'

'सही कहते हो भाई। मुझे तो भय सता रहा है कि महल पर कोई घोर विपत्ति ना आ जाए। जिनपर दुखों का पहाड़ टूटता है वही जानता है कि जीवन क्या होता है। छोटे राजकुमार तो अभी बच्चे ही हैं और इस संकट की घड़ी में युवराज युद्ध के मैदान में हैं। घोर संकट है भाई,' एक बूढ़े नौकर ने उठते हुए कहा।

ऐसे ही वातावरण में हर्षवर्द्धन ने महल के अन्दर प्रवेश किया। उन्होंने जैसे ही अन्तःपुर में प्रवेश किया उनकी नाक ने कई प्रकार की औषधियों,

तरल पदार्थों, घी, तेलों और धूप- धुमनों के सुगंध को महसूस किया। जब हर्ष ने महल के चौथे कक्ष में प्रवेश किया तो उन्हें बताया गया कि राजाधिराज प्रभाकरवर्द्धन को उनके निजी चौथे कक्ष, जो उनका स्थान मंडप कहलाता था, से हटा कर तीसरे कक्ष में रखा गया था। यह तीसरा कक्ष उनका रनिवास था। इसी तीसरे कक्ष में महादेवी यशोवती का धवल-गृह भी था। यहाँ पर राजा के अलावा किसी के प्रविष्ट होने पर उसे द्वार पर ही रोक दिया जता था। यहाँ कड़ा पहरा रहा करता था, किन्तु जब हर्ष ने इसमें प्रवेश किया तो यहाँ पर पूरा सन्नाटा छाया हुआ था।

हर्ष ने देखा कि इस धवल गृह के सारे दरवाजे और रौशनदान बंद कर दिए गए थे। ऐसा इसलिए किया गया था कि बाहर की कोई भी हवा अन्दर प्रवेश नहीं कर सके। वातावरण में सन्नाटे को देख हर्ष का मन और भी घबड़ा उठा। राजा के निजी अंगरक्षक अत्यंत निकट न होकर दूर खड़े थे। उनके चेहरे भी ग़मगीन थे। कुछ पुराने मंत्रीगण चुपचाप बैठे थे। उनके मुंह से कोई आवाज नहीं निकल रही थी जैसे उन्हें कोई सदमा सा लगा हो। हर्ष के कुल की जो करीबी स्त्रियाँ थीं वे भी गुमसुम बैठी हुई थीं। वे पूरी तरह से विषाद में दिख रही थीं। कुछ ख़ास लोगों को ही इस धवल गृह में आने की इजाजत दी गयी थी। जिन राजाओं के पुत्र राजाधिराज को देखने आये थे वे भी सारी रात उनकी सेवा करने के बाद जमीन पर जहाँ तहां लेटे हुए थे। उन्होंने रात भर तरह-तरह की जड़ी बूटियों को एकत्र करने में बिताया था। इन सब के बीच बड़े -बड़े वैद्य भी मुंह लटकाए बैठें थे। वे राजा के ज्वार (बुखार) की गंभीरता से भयभीत हो गए थे।

हर्ष ने जब धवल गृह के अन्दर प्रवेश किया तो उनकी नजर सबसे पहले वैद्यों पर पड़ी। उन्होंने उम्मीद की नजरों से उन्हें देखा। किन्तु जब सभी ने अपने नजरें झुका लीं तब हर्ष अपने पिता के ओर बढ़े जिन्हें एक

आरामदायक बिस्तर पर लेटाया गया था। कमरे के अन्दर बहुत ही कम प्रकाश था। हर्ष ने देखा, इतने लोगों के होते हुए भी सब एक दूसरे को उम्मीद की नजरों से देख रहे थे। कोई भी आवाज करने की कोशिश नहीं कर रहा था। हर कोई धीमे स्वर में या तो फिर इशारे से ही बातें कर रहा था। राजाधिराज प्रभाकरवर्द्धन की नजर जैसे ही अपने पुत्र हर्ष पर पड़ी उन्होंने बिस्तर से उठाने की कोशिश की। किन्तु वे उठ नहीं पाए। फिर उन्होंने हर्ष को इशारे से अपने पास बुलाया। हर्ष ने अपने पिता को प्रणाम किया। अब वे पिता के काफी करीब आ गए। तब राजा ने बहुत कष्ट से हर्ष से कहा,

'हे वत्स! कृश (कमजोर) जान पड़ते हो।

तब एक भंडि ने उपस्थित लोगों को सूचना देते हुए कहा,

'राजकुमार ने तीन दिनों से कुछ भी भोजन नहीं किया है। जब से उन्हें समाचार प्राप्त हुआ है वे निरंतर चलते ही रहे और अभी आज महल में पहुंचे हैं।'

राजाधिराज प्रभाकरवर्द्धन के कानों में जब यह आवाज सुनाई दी तो उनके आँखों आंसू निकल पड़े। उन्होंने पास ही बैठे हर्ष के बंधे पर अपना हाथ रखा और उन्हें अपनी ओर खिंचते हुए कहा, 'उठो वत्स! आवश्यक क्रियाएँ करो। तुम्हारे आहार करने के बाद ही मैं भी कुछ खाऊंगा।'

'जैसी आपकी आज्ञा,' इतना कहकर हर्ष उठे और धवल गृह से बाहर आकर भोजनशाला में जाकर दो-चार कौर खाया और पुनः वैद्यों को बुलाकर पिता की हालत पूछी। उन वैद्यों में रसायन नाम का एक युवा वैद्य था जिसे अष्टांग आयुर्वेद का ज्ञाता माना जाता था। वह देखने में बहुत ही मासूम सा था। उसकी जटाएं सर के ऊपर सलीके से बंधी हुई थी।

उसकी आंखें मोहक थीं और उसके गाल पर अभी हल्की-हल्की दाढ़ियों का आना शुरू ही हुआ था। उसकी पतली सी मूंछ की रेखा अभी उभरी ही थी। उसने सफ़ेद वस्त्र पहन रखे थे और उसके दोनों हाथों तथा गले में रुद्राक्ष के मालाएँ लटकी हुई थीं। वह काफी प्रभावशाली युवा वैद्य दिखाई पड़ता था।

हर्षवर्द्धन ने रसायन वैद्य को अपने पास बुलाया और पूछा, ' सखे रसायन, मुझे एकदम सच-सच बताना। कुछ छिपाना नहीं। मुझसे परहेज भी नहीं करना। क्या तुम बता सकते हो कि महाराज के साथ कुछ खटके की बात है?'

तब रसायन ने एक छोटा सा उत्तर दिया, 'देव! कल प्रातः निवेदन करूंगा।'

'ठीक है। मुझे बताना।' इतना कहकर हर्ष एक बार फिर धवल गृह में चले गए। वह सारी रात अपने पिता के पास रहे। उन्होंने अपने मन को खुद धीरज बंधाया। राजा की हालत बिगड़ती ही जा रही थी। मध्य रात्रि को हर्ष अचानक से उठे और धवल गृह से बहार निकलकर मुख्य दरवाजे के पास आये। वहां अश्वपाल खड़ा था। उन्होंने अश्वपाल को उस मध्य रात्रि में अपने पास बुलाया और कहा,

'अश्वपाल, मैं तुम्हें एक बहुत ही आवश्यक कार्य सौंप रहा हूँ। अभी तुरंत तेज दौड़ने वाले अश्वों की व्यवस्था करो और सन्देश वाहकों को भेजकर अतिशीघ्र अग्रज भ्राता युवराज राज्यवर्द्धन को महल में लेकर आओ।'

राज्यवर्द्धन मीलों दूर कश्मीर में हूणों के साथ युद्ध में लिप्त थे। अश्वपाल ने पूरी दृढ़ता से कहा, 'कुमार की जय हो! जिस भांति भी होगा

आज्ञा का पालन किया जाएगा।' इतना कहकर वह महल के मुख्य द्वार से बाहर निकला और तुरंत ही मजबूत घोड़ों का इंतजाम कर उसपर सन्देश वाहक को बिठा कर युद्ध भूमि में युवराज राज्यवर्द्धन को लाने को भेज दिया।

यह इंतजाम कर हर्ष फिर से धवल गृह में आ गए। वह अपने पिता के पास आकर बैठे ही थे कि महादेवी यशोवती की एक ख़ास प्रतिहारी वेला ने आकर हर्ष को इशारे से अपने पास बुलाया। वह काफी घबराए हुई सी प्रतीत होती थी। हर्ष जब उसके करीब गए तब उसने अपनी आँखों में आंसुओं को भरकर कहा,

'राजकुमार, अनर्थ होने जा रहा है। महादेवी ने सम्राट के जीते-जी ही एक भयंकर निश्चय किया है।'

इस समाचार को सुन हर विचलित हो उठे और भरे हुए गले से पूछा, 'शीघ्र बताओ, माता ने क्या भयंकर निश्चय किया है?'

'क्षमा करें राजकुमार। मुझे क्षमा करें। इतना कहकर वेला रोने लगी।'

हर्ष ने वेला के दोनों कन्धों पर अपना हाथ रखा और उसे जोर से दबाते हुए कहा, 'प्रतिहारी, तुम शीघ्र ही अपना सन्देश पूरा करो। मुझे बहुत बड़े अनिष्ट की चिंता सता रही है।'

तब वेला ने सुबुकते हुए बताया, 'राजकुमार, मुझे क्षमा करें। महादेवी ने सम्राट के जीते जी ही सती होने का फैसला किया है।'

हर्ष का सर एक क्षण को चकराया, फिर उन्होंने तुरंत ही खुद को संभाल लिया। उन्होंने अपनी अंतिम सांसें गिन रहे पिता को उस मध्य

रात्रि के अँधेरे में भीगी नजरों से देखा। फिर अपने मन को मार तेजी से अपनी माता के महल में जा पहुंचे।

जब हर्ष ने अन्तःपुर में प्रवेश किया तो वहां के हृदयविदारक दृश्य को देख सकते में आ गए। अन्तःपुर की स्त्रियाँ विलाप कर रही थीं। हर्ष ने अपनी माता को सती के वेश में देखा। वह चारों ओर से अपनी मुख्य सेविकाओं से घिरी हुई थीं। महादेवी यशोवती ने लाल वस्त्र धारण कर रखे थे। उनके गले में लाल कंठ सूत्र लटके हुए थे। शरीर पर कुमकुम लगा हुआ था। कंठ और पैरो में माला पहले हुए थीं और अपने हाथों में अपने पति का चित्र रखे हुए थीं।

हर्ष इस दृश्य को देख कर दूर से ही रोते हुए माता यशोवती के पास पहुंचे और विलाप करते हुआ कहा, 'माते! क्या तुम भी मुझ मंदभाग्य को छोड़ कर जा रही हो? कृपा कर अपने इस प्रतिज्ञा को तोड़ दो,' इतना कहकर हर्ष अपनी माँ के चरणों में गिर पड़े।

उस दिन महादेवी यशोवती का रूप पूरी तरह से बदला हुआ था। वह एक बड़े साम्राज्य की महारानी नहीं दिख रही थीं। उन्होंने एकदम से एक साधारण स्त्री का वेश धारण कर लिया था। हर्ष की नजरों में यह कल्पना से परे था। उन्होंने अपनी माता को इस रूप में कभी नहीं नहीं देखा था। वह साधारण स्त्री की तरह विलाप कर रही थीं। हर्ष को देखते ही उसने अपनी एक दासी से कहा,

'मैं अपने जेष्ठ पुत्र राज्यवर्द्धन को देखना चाहती हूँ। वह मुझसे दूर चला गया है। वह इस अवसर पर मेरे पास आ भी नहीं पाएगा।'

महादेवी यशोवती की निजी सेविकाओं में कात्यायनिका, जो एक उम्रदराज स्त्री थी, के अलावा वेला, चेटी, धात्रेयी और कुंचकी थी। कुंचुकी

एक पुरुष थी जो काफी वृद्ध हो चली थी किन्तु वह सदा रानी की सहायता में लगी रहती थी। धात्रेयी का काम रानी का प्रसाधन करना था। इसके अलावा रानी के अन्तःपुर में उनकी कुछ सखियाँ भी थी।

यशोवती के इस विलाप को सुनकर उनकी एक सेविका कात्यायनिका ने कहा, 'महादेवी, आप निराश न हों। आपके अनुज पुत्र राजकुमार हर्षवर्द्धन तो आपके समक्ष ही खड़े हैं।'

यशोवाती ने एक नजर हर्ष की ओर देखा और फफक कर रो पड़ी। उसने कहा, 'पुत्र हर्ष, इस विपदा की घड़ी में तुम्हारा अग्रज राज्यवर्द्धन क्यों युद्ध के लिए चला गया। उसे तुरंत मेरे पास बुलाओ।'

'मैंने सन्देश वाहक को तीव्र गति से भाई के पास भेज दिया है। सब्र करो माँ। भ्राता आते ही होंगे,' हर्ष ने कहा।

'राज्यश्री कहाँ है वत्स? मुझे राज्यश्री से मिलना है। वह भी इस घड़ी में अपने ससुराल में है। वह भी समय पर नहीं आ पाएगी,' यशोवती ने फिर सवाल किया।

इन भावनात्मक बातों को सुनने के बाद हर्ष अपनी माँ की चरणों में गिर पड़े और विलाप करने लगे। महादेवी यशोवती ने उसे स्नेह से उठाया। उसके आंसू पोंछे और खुद अपने नयनों से आंसुओं की धार बहाते हुए कहा, ' पुत्र, मैं विधवा होकर नहीं जीना चाहती। ना ही एक विधवा के रूप में सती होना चाहती।'

हर्ष ने रोते हुए कहा, 'माँ, मुझे एक क्षण के लिए समय दो। मैं अपनी प्यारी बहन राज्यश्री को अभी बुलाने के लिए सन्देश वाहक भेजता हूँ। कन्नौज है ही कितनी दूर। अग्रज भ्राता तो आते ही होंगे। तबतक सब्र करो माँ।'

'नहीं पुत्र, राज्यश्री नहीं आ पाएगी। अभी तो उसका विवाह किया है। अभी तो उसकी हाथों के पवित्र रंग भी नहीं उतरे होंगे। अभी वह अपने घर-परिवार को सजाने-संवारने में लगी होगी। अभी तो उसने नए सुख को देखना ही शुरू किया होगा। मुझे इस स्थिति में देख वह सहन नहीं कर पाएगी, यशोवती ने जिद की।

माँ की जिद के आगे हर्ष ने अपने मन पर पत्थर रख लिया और वह अपनी माता के कमरे से बाहर नहीं निकल पाए। उन्होंने किसी भी सन्देश वाहक को नहीं पुकारा ताकि राज्यश्री को खबर दी जा सके।

महादेवी यशोवती ने हर्ष को अपने से दूर किया और अपनी सेविकाओं की ओर देखा। उनकी सभी सेविकाएँ समझ गयीं कि महारानी अब पति के ज़िंदा रहते ही सती होना चाहती हैं। वह जोर-जोर से विलाप करने लगीं। रानी ने फिर उनकी ओर देखा। अब कोई उपाय न देखकर उनकी सेविकाओं ने उन्हें अपने साथ लिया और सबसे पहले उनके मुख को धुलवाया। यशोवाती के मुख को धुलवाने के लिए चांदी का एक वर्तन लाया गया जो राजहंस की आकृति वाला था। यशोवाती ने अपने हाथों में जल लिया और अपने ऊपर फेंकते हुए चुपचाप अपने अन्तःपुर से बाहर की तरफ निकलने लगी। हर्ष फिर रो पड़े। उन्होंने एक बार फिर महारानी को मनाने की कोशिश करते हुए कहा,

'माँ, आपसे आग्रह है कि इस भयंकर प्रतिज्ञा को त्यागकर फिर से हम सभी के जीवन में लौट जाओ। यह राजमहल आपकी इस प्रतिज्ञा से उत्पन्न दुखों को सहन नहीं कर पाएगा। यह वीरान हो जाएगा।'

महादेवी यशोवती की आँखें आब लाल हो चुकी थीं। अब उसमें आंसुओं के एक भी बूँद नहीं बचे थे। उनकी आंखें शून्य की ओर निहार

रही थीं। उनके चेहरे कठोर दिखने लगे थे। उन्होंने अपने कदम आगे बढ़ाए और फिर हर्ष से कुछ कहे बिना अपनी दाहिनी हाथों का हर्ष को एक बार स्पर्श दिया और उन्हें परे धकेलते हुए अन्तःपुर से बाहर निकल गयी। उन्होंने अपने पति राजाधिराज प्रभाकरवर्द्धन के महल में जाना भी उचित नहीं समझा। सेविकाएँ और परिजन विलाप करने लगे। महादेवी इसी अवस्था में सरस्वती नदी के किनारे पहुंची और फिर सती हो गयीं।

अब हर्ष भागते हुए अपने पिता के कमरे में गए। महाराज के थोड़े ही प्राण बचे थे। प्रभाकरवर्द्धन अपनी पुतलियाँ फिरा रहे थे। हर्ष उनके चरणों पर गिर पड़े और फूट -फूट कर रोने लगे। फिर प्रभाकरवर्द्धन ने बहुत ही मुश्किल से अपने हाथों का स्पर्श हर्षवर्द्धन को दिया और अपने करीब बुलाया। उन्होंने हर्ष की कानों में फुसफुसाते हुए कहा,

'पुत्र, तुम महा सत्व हो! लोक महा सत्व के आश्रय से ठहरता है। राजा का अंश तो बाद की वास्तु है। तुम सत्ताधारियों में श्रेष्ठ हो। कुल के दीपक हो। पुरुषों में सिंह हो। यह पृथ्वी तुम्हारी है। राज्यलक्ष्मी ग्रहण करो। लोक का शासन करो। कोष स्वीकार करो। राज समूह को वश में करो। राज्य भार संभालो। प्रजा की रक्षा करो। परिजनों का पालन करो। शस्त्रों का अभ्यास करो और शत्रुओं को शेष न रखना।'

हर्ष को अपनी अंतिम शिक्षा देकर राजाधिराज प्रभाकरवर्द्धन ने अपनी आंखें सदा के लिए मूँद ली। उन्होंने पुष्यभूति साम्राज्य को जितनी अच्छी तरह से संभाला था और हूणों को परास्त कर भरत भूमि की रक्षा की थी अब उस एक युग का अंत हो गया। हर्ष के साथ -साथ उनके बड़े भाई राज्यवर्द्धन और छोटी बहन राज्यश्री इस दुःख की वेला में उपस्थित नहीं हो पाए।

तब हर्ष मात्र पंद्रह वर्ष के ही थे। उन्होंने उस भयंकर रात को जमीन पर ही काटकर गुजारा। थानेश्वर के महल में पूरी तरह से सन्नाटा फैला हुआ था। परिजन फूट-फूट कर रो रहे थे। किसी की हिम्मत नहीं हुई कि वह हर्ष के करीब जाए। माता और पिता के खो जाने से वह अकेले हो चुके थे। सुबह होने पर वे सरस्वती नदी के किनारे गए। उन्होंने स्नान किया और अपने माता-पिता को जलांजलि दी। स्नान करने के बाद हर्ष ने अपने बालों से गिरते हुए जल को नहीं निचोड़ा। उसे उसी तरह बहता रहने दिया और पैदल ही राजमहल की ओर लौट गए। वंश की एक परम्परा के अनुसार अपने पिता की आत्मा के शांति के लिए राज दरबार के एक ख़ास हाथी को वन में खुला जाने दिया। वह उसके पिता का ख़ास हाथी था जिसे राजगजेन्द्र के नाम से पुकारा जाता था। अब हर्षवर्द्धन के पास अपने बड़े भाई राज्यवर्द्धन की करने प्रतीक्षा के सिवा और कोई उपाय नहीं था।

# 8

मौखरि वंश की राजधानी कन्नौज। इस वंश की स्थापना हरिवर्मा ने 510 ई. में की थी और उसके नब्बे साल बाद 600 ई. में जब ग्रहवर्मा ने सत्ता संभाली तो वह अपने वंश के सातवीं पीढ़ी के राजा थे। उनके पिता अवन्ति वर्मा की मृत्यु के बाद ग्रहवर्मा ने खुद से राज्यश्री का रिश्ता मांगा था। शादी के बाद राज्यश्री अब कन्नौज की महारानी थी। दो वंशों के वैवाहिक रिश्ते के बाद थानेश्वर और कन्नौज का साम्राज्य काफी शक्तिशाली हो गया था। किन्तु कन्नौज पर तो मालवा के राजा देवगुप्त और बंगाल के शासक शशांक की नजर थी। कन्नौज के खिलाफ दोनों ने जो गुप्त संधि की थी अब उसके उपयोग का समय आ चुका था। थानेश्वर के राजाधिराज प्रभाकरवर्द्धन की मृत्यु और उनकी पत्नी महादेवी यशोवती के सती हो जाने के बाद हर्षवर्द्धन खुद को इसलिए लाचार समझ रहे थे कि थानेश्वर के युवराज राजधानी से मीलों दूर उत्तर की ओर हूणों के साथ भयानक युद्ध में फंसे हुए थे। उनके साथ एक बड़ी सेना तो गयी ही थी साथ ही उनकी सहायता के लिए उनके पिता ने थानेश्वर के बड़े-बड़े सामंतों को भी भेज दिया था।

राज्यश्री का विवाह 605 ई. में हुआ। उनके पति ग्रहवर्मा अभी काफी युवा थे। खुद राज्यश्री मात्र बारह साल की थी। इसी साल दोनों ही राजवंशों

में कुछ ऐसी घटनाएं घट गयी जिसका परिमाण काफी घातक हुआ। प्रभाकरवर्द्धन के भय से मालवा और बंगाल के राजाओं की हिम्मत नहीं होती थी कि वे थानेश्वर अथवा कन्नौज पर आक्रमण करें। किन्तु जैसे ही प्रभाकरवर्द्धन की मृत्यु की खबर फ़ैली, मालवा के राजा देवगुप्त ने कन्नौज की घेराबंदी शुरू कर दी। इसमें बंगाल का शासक शशांक उसका सहयोगी था।

माता यशोवती के आग्रह के बावजूद हर्षवर्द्धन उस समय अपनी छोटी बहन राज्यश्री को थानेश्वर नहीं बुला पाए थे जब यशोवती ने अपने पति के जीवित रहते हुए ही सती हो जाने का फैसला किया था। प्रभाकरवर्द्धन की बीमारी के बाद थानेश्वर के महल में उथल-पुथल था और हर्ष के पास इतना समय ही नहीं था कि वह राज्यश्री को बुला पाते। राज्यश्री की शादी के अभी कुछ ही समय हुए थे; उन्होंने ऐसे गंभीर समय में उसे बुलाना उचित नहीं समझा या फिर वे पिता और माता में ही उलझे रहे।

मौखरि वंश की राजधानी कन्नौज में राज्यश्री का वैवाहिक जीवन अभी शुरू ही हुआ था कि एक दिन थानेश्वर का एक दूत कन्नौज के दरबार में पहुंचा। दोपहर का समय था। ग्रहवर्मा राज्य के कामों में अपने दरबार में अपने सेनापति, मंत्रियों और सामंतों के साथ व्यस्त थे। इस बात पर गंभीर चर्चा हो रही थी कि मालवा के राजा देवगुप्त से किस तरह से निबटा जाए। मंत्री ने सलाह देते हुए कहा,

' राजन! देवगुप्त की सेना से निबटने के लिए आपकी सेना खुद सक्षम है। और फिर जब से आपका पुष्यभूति वंश के साथ पारिवारिक सम्बन्ध हुआ है दोनों साम्राज्य काफी शक्तिशाली हो उठे हैं। देवगुप्त कन्नौज पर

चढ़ाई करने की हिम्मत नहीं कर सकता। इसलिए यह चिंता का विषय नहीं है।'

ग्रहवर्मा अपने मंत्री सुशांत की इस सलाह से संतुष्ट नहीं दिख रहे थे। उन्होंने अपने चेहरे पर एक ख़ास प्रकार की चिंता प्रकट करते हुए कहा,

'हमें देवगुप्त की बढ़ती हुई इच्छाओं को नजरंदाज नहीं करना चाहिए। उसने महाराजा महासेनगुप्त की मृत्यु के बाद मालवा पर अपना अधिकार जमा लिया और खुद को राजा घोषित कर दिया है। गुप्तचरों ने सूचना दी है कि वह कन्नौज के विरुद्ध कोई प्रपंच कर रहा है।'

'राजन! देवगुप्त निश्चित रूप से कन्नौज के खिलाफ कोई प्रपंच कर रहा है। मैं आपकी बातों से सहमत हूँ। हमारी सेना किसी भी संकट के निबटने के लिए तैयार बैठी है। आज्ञा हो तो मालवा की तरफ आगे बढ़ें?' सेनापति हंसराज ने कहा।

'अभी इसका उचित समय नहीं आया है सेनापति। मुझे तो कुछ और ही संदेह हो रहा है। गुप्तचरों ने खबर दी है कि मालवा और गौढ़ नरेश शशांक के बीच कोई गुप्त योजना बनी है' ग्रहवर्मा ने चिंतित भाव से कहा।

'गौढ़ नरेश की भी महत्वाकांक्षाएं कम नहीं हैं। वह अपने साम्राज्य का विस्तार मगध तक करना चाहते हैं। इस बात से इनकार नहीं किया जा सकता कि देवगुप्त ने उन्हें सहायता का भरोसा दिलाया हो,' मंत्री सुशांत ने कहा।

'ऐसे में हमें देवगुप्त के अभियान पर पूरी गंभीरता से नजर रखनी चाहिए। राजन! मेरी सलाह है कि आप थानेश्वर के राजाधिराज से इस सम्बन्ध में बातचीत करें। जरूरत पड़ी तो सैनिक सहायता ली जा सकती है,' सेनापति ने कहा।

'हंसराज, आप उचित सलाह दे रहे हैं। विवाह के पश्चात देवी राज्यश्री एक बार भी अपने पिता के घर नहीं गयी है। मैं स्वयं राजाधिराज के आशीर्वाद लेने थानेश्वर को जाना चाहता हूँ,' यह कहते हुए ग्रहवर्मा अपने सिंहासन से उठ खड़े हुए और अन्तःपुर की ओर चल पड़े। जाते-जाते उन्होंने अपने सेनापति से कहा, 'सेनापति! आप कृपया गुप्तचरों को मालवा और गौढ़ के बीच चल रही बातचीत के बारे में पता लगाने के लिए भेज दीजिए।'

सभा विसर्जित कर दी गयी। ग्रहवर्मा सभा से उठकर सीधे अन्तःपुर के तरफ बढ़े जहाँ राज्यश्री एक खूबसूरत सी चित्रकारी में व्यस्त थी। उसकी प्रधान सेविका द्वार पर खड़ी थी। वह एकांत भाव से विशाल हथनी पर सवार एक राजकुमार का चित्र बना रही थी। पास ही दो अन्य सेविकाएँ दो तश्तरियों में रंग लिए शांत भाव से खड़ी थी। राज्यश्री ने एकदम धीमे स्वर में कहा,

'अर्पिता, ज़रा नीले रंग की कूची तो देना, सिर्फ राजकुमार की पगड़ी को रंगना भर रह गया है। फिर मेरी यह चित्र पूरी हो जाएगी।'

राज्यश्री की शीतलता से भरी मधुर आवाज को सुन अर्पिता ने मुस्करा कर चांदी की एक बड़ी सी थाली को उसके आगे कर दिया जिसके एक खाने में नीले रंग भरे थे। साथ में थाली में तीन-चार छोटी-बड़ी कूची सलीके से रखी थी। राज्यश्री के चेहरे पर एक हल्की सी मुस्कान उभरी और उसने एक कूची का चुनाव कर अपने हाथों में रखा और फिर जैसे ही उसने उसपर रंग लगाया कि द्वार पर खड़ी प्रधान सेविका ने चेतावनी भरे स्वर में आवाज लगाई,

'सावधान! महाराज का अन्तःपुर में प्रवेश हो रहा है।"

राज्यश्री ने कूची को फिर से थाली में रख दिया। दोनों सेविकाएँ तुरंत बाहर निकल गयी। अब अन्तःपुर में ग्रहवर्मा का प्रवेश हुआ। राज्यश्री ने उनका स्वागत मोहक मुस्कान से किया। उसने कहा,

'स्वामी, मैं इस चित्र में अंतिम रंग भरने जा रही थी कि आप पधारे। ज़रा पहचानिए तो यह किनका चित्र है?'

'ओह! मैंने व्यवधान उपस्थित कर दिया अन्यथा आपकी चित्रकारी आज पूरी हो जाती,' ग्रहवर्मा ने कहा।

'ऐसा क्या व्यवधान हुआ, मैं तो आपकी ही प्रतीक्षा कर रही थी। सेविका ने बताया कि आपकी सभा समाप्त ही होने वाली थी। आप इस चित्र को पहचानिए तो ज़रा,' राज्यश्री ने मुस्काते हुए कहा।

'देवी! आप मेरी ही चित्र बनाकर मुझसे ही मुझे पहचानने के लिए कह रही हैं,' ग्रहवर्मा ने हँसते हुए कहा।

राज्यश्री ने एक क्षण के लिए अपनी नजरों को झुका लिया और फिर शर्माते हुए कहा, 'याद है, इसी हथनी पर बैठ आप थानेश्वर आए थे मुझे ले जाने।'

'यह भी कोई भूल जाने की बात है। आपकी आज्ञा हो तो थानेश्वर चलें। राजाधिराज और राजमाता का आशीर्वाद प्राप्त हो जाएगा।'

राज्यश्री ने चहकते हुए कहा, 'स्वामी, आपने तो मेरे मन की बात कह दी। जब से ब्याह कर कन्नौज आयी हूँ थानेश्वर जाने की ही इच्छा हो रही थी।' फिर उसने अचानक से अपने चेहरे पर पूरी गंभीरता लाते हुए कहा, 'सुना है कि आप मालवा के राजा द्वार बिछाई गयी चाल को काटने में व्यस्त हैं।'

ग्रहवर्मा ने अपने मन की बातों को अपने अन्दर ही रखते हुए कहा, 'सभा में तो ऐसी बातें हुआ ही करती हैं। सुना है कि अग्रज राजकुमार राज्यवर्द्धन हूणों के विरुद्ध युद्ध करने उत्तर दिशा की ओर गए हुए हैं। साथ में अनुज हर्ष भी हैं। ऐसे में राजाधिराज एकांत महसूस करते होंगे। मैंने दूत को थानेश्वर भेजकर हम लोगों के आने की सूचना दे दी है।'

'यह आपने बहुत ही अच्छा किया। पिताश्री से मालवा के रजा के विरुद्ध आपको परामर्श की भी आवश्यकता पड़ सकती है। शीघ्र ही प्रस्थान करने का मुहूर्त बनाइये। तबतक मेरी यह चित्रकारी भी पूरी हो जाएगी, राज्यश्री ने कहा।

ठीक उसी समय अन्तःपुर के मुख्य द्वार पर हलचलें शुरू हो गयीं। राज्यश्री की प्रधान सेविका ने चीत्कार करते हुए आवाज लगाई,

'महाराज, अनर्थ हो गया। अनर्थ हो गया। दरबार में थानेश्वर से खबर आयी है कि राजाधिराज का देहांत हो गया है और माता यशोदेवी सती को हुईं।'

राज्यश्री, जो अभी अपने माता-पिता से मिलने की योजना बना ही रही थी इस समाचार को सुन बेहोश हो गयी। ग्रहवर्मा ने सहारा दिया। सेविकाएँ दौड़ का आयीं और राज्यश्री को होश में लाने की कोशिश किया जाने लगा। ग्रहवर्मा गहरी चिंता में डूब गए। वह अपने दरबार की तरफ मुड़े। उन्होंने तुरंत आदेश जारी किया कि सभी मंत्रीगण, सेनापति और गुप्तचर तुरंत ही दरबार में आएं। उन्हें अब आशंका हो रही थी कि जरूर से कन्नौज की सीमा पर कुछ गड़बड़ होगी। उन्हें मालवा के राजा देवगुप्त के आक्रमण की आशंका हुई।

# 9

जिस दिन से प्रभाकरवर्द्धन की बीमारी की खबर फ़ैली थी गौढ़ नरेश शशांक और मालवा के राजा देवगुप्त अपनी योजना में लग गए। दोनों राजाओं की इच्छा अपनी सीमाओं के विस्तार की थी। उन्होंने अपनी सैनिक तैयारियां पूरी कर रखी थीं। वे जानते थे कि राज्यवर्द्धन के उत्तर की ओर हूणों से मुकाबला करने को चले जाने के बाद यदि कन्नौज पर आक्रमण किया जाए तो थानेश्वर उसकी कोई मदद नहीं कर पाएगा। अतः शशांक ने अपनी सेना को कन्नौज की तरफ आगे बढ़ने का आदेश दिया। वह एक बड़ी सेना को लेकर मालवा राजा देवगुप्त से मिलने जा रहा था ताकि दोनों सेनाएं मिलकर कन्नौज पर आक्रमण कर उसपर अपना अधिकार स्थापित कर ले। देवगुप्त इस बात के लिए उतारू था कि वह हर हाल में कन्नौज की शक्ति को समाप्त करेगा, जिसके लिए उसने पहले से ही शशांक के साथ एक गुप्त संधि कर रखी थी। उसकी चाल कामयाब होते दिख रही थी। शशांक तीव्र गति से कन्नौज की ओर बढ़ा।

उधर देवगुप्त की सेना पहले ही कन्नौज की सीमा के पास पहुंच गयी थी। ग्रहवर्मा योजना ही बनाते रह गए। जैसे ही थानेश्वर सम्राट प्रभाकरवर्द्धन की मृत्यु की खबर आयी और यह पता चला कि राज्यवर्द्धन

हूणों के साथ युद्ध में व्यस्त हैं और हर्ष अभी अपने दुःख में उलझे हुए है, देवगुप्त ने कन्नौज पर आक्रमण कर दिया।

राज्यश्री से विवाह के पश्चात ग्रहवर्मा जहाँ अपने साम्राज्य की स्थिति को मजबूत कर सकते थे वह नहीं कर पाए। उनका यह सन्देश कि देवगुप्त और शशांक ने अलग-अलग तरीके से कन्नौज की घेराबंदी कर दी है भी थानेश्वर तक तब पहुंचा जब सबकुछ ख़त्म हो चुका था।

अपने माता-पिता की मृत्यु की खबर सुन जब राज्यश्री दुःख के सागर में समा गयी थी तब ग्रहवर्मा ने काफी हिम्मत से काम लिया। वह युवा राजा थे और यह जान गए थे कि अब उन्हें दो सेनाओं के साथ अकेले ही मुकाबला करना है। वह जबतक अपने दरबार में पहुंचे वहाँ सेनापति हंसराज और अन्य मंत्रीगण उपस्थित हो चुके थे। महल में यह भी खबर फ़ैल गयी थी कि राज्यश्री की स्थिति ठीक नहीं है। ग्रहवर्मा के चेहरे पर काफी तनाव था फिर भी उन्होंने उपस्थित मंत्रियों के सामने अपने सेनापति से कहा,

'हंसराज, यह परीक्षा की घड़ी है। थानेश्वर के राजाधिराज स्वर्ग को सिधार चुके हैं। यह तो दुःख की घड़ी है ही, साथ ही मलावराज देवगुप्त ने और गौढ़ नरेश शशांक ने अपनी सीमाओं को घेर रखा है। युद्ध की तैयारी करो।'

'आपकी महान सेना आपके लिए तैयार खड़ी है और आपके आदेश की प्रतीक्षा कर रही है। कन्नौज न सिर्फ अपनी रक्षा करने में सक्षम है बल्कि वह दोनों दुश्मनों को एक साथ पराजित कर सकती है,' सेनापति ने कहा।

'तो फिर देर किस बात की; युद्ध हो!, राजा ने कहा।

इतना कहते हुए ग्रहवर्मा सिंहासन से उठ खड़े हुए और पुरोहितों ने वेद मंत्रों का जाप करना शुरु कर दिया। ग्रहवर्मा तेजी से अन्तःपुर की ओर चले गए। उन्होंने देखा राज्यश्री अपनी हाथों में आरती लिए उनका इन्तजार कर रही थी, बगल की मेज पर एक बड़ी सी तलवार और ग्रह वर्मा का युद्ध कवच रखा था।

अपने पति कि देख राज्यश्री तनिक भी विचलित नहीं हुई। उसने हल्की सी मुस्कान के साथ अपने पति ग्रहवर्मा स्वागत किया। जब राजा ने कवच धारण कर लिया तब एक वीरांगना की भांति उन्हें तिलक लगाया और आरती उतारने के बाद उनकी तलवार को अपनी हाथों से देते हुए कहा,

'नाथ, मैं महादेव की आराधना में तबतक बैठी रहूंगी जबतक आपके विजयी होने की सूचना नहीं आती। युद्ध भूमि में आप मुझे तनिक भी याद नहीं कीजिएगा; आप सिर्फ अपनी उस प्रजा की याद कीजिएगा जो आपसे स्नेह रखते हैं। आप एक सिंह की भांति शत्रुओं पर टूट पड़ियेगा।'

'यही होगा देवी! अब आज्ञा दीजिये,' इतना भर कहते हुए ग्रहवर्मा महल से बाहर निकले जहाँ एक विशाल हाथी उनकी सवारी का इंतजार कर रहा था। वह उस विशाल हाथी पर चढ़ बैठे और देखा- उनकी सेनाएं नंगी हाथों में तलवार, भाले, धनुष-वाण लिये आदेश की प्रतीक्षा कर रहे थे। सेनापति हंसराज, जो एक काले घोड़े पर सवार अपनी हाथों में तलवार लिए सैनिकों का हौसला बढ़ा रहे थे, ने राजा को देखते ही 'हर -हर महादेव' का नारा लगाया। पूरी सेना ने इसी नारे को जोर से दोहराया और ऐसा प्रतीत हुआ कि असमान फट सा जाएगा। घोड़ों की टापो से चारों तरफ धूल उड़ने लगे। महल का मुख्य द्वार खोल दिया गया। ग्रह वर्मा

मध्य में खड़े थे। उन्होंने देखा मालवराज देवगुप्त घोड़े पर सवार अपनी विशाल सेना के साथ सामने खड़ा था।

युद्ध शुरू हो चुका था। ग्रहवर्मा का हाथी मालव राज की सेना के सामने पहुंच गया। सेनापति हंसराज भीषण युद्ध कर रहे थे। दोनों तरफ से पहले तो तीरों की बौछार की गयी और फिर दोनों सेनाएं आपस में उलझ गयीं। मालवराज देवगुप्त की नजरें जब ग्रहवर्मा पर पड़ी तो उसने अपने घोड़े पर से ही चिल्लाते हुए कहा,

'आज मेरी वर्षों की इच्छाएँ पूरी हो जाएंगी। आज मुझे कन्नौज पर अधिकार करने से कोई नहीं रोक सकता,' फिर उसने अपनी दाहिनी तरफ खड़ी घुड़सवार सेना की एक टुकड़ी को ग्रहवर्मा की ओर भेज दिया। मालवा की घुड़सवार सेना को देखते ही कन्नोज के सेनापति हंसराज ने अपने घुड़सवारों को तीव्र गति से ग्रहवर्मा के सामने ला खड़ा किया। हंसराज ने अपने राजा को अपनी सुरक्षा के घेरे में ले लिया और कन्नौज की सेना मालवा के घुड़सवारों पर टूट पड़ी। हंसराज ने देवगुप्त को ललकारते हुए कहा,

'दुष्ट मालवराज, तुम्हारी यह अभिलाषा आज इसी मैदान में धूल में मिला दी जाएगी। देखो कन्नोज की सेना तुम्हारी सेना को कैसे काट रही है।'

तब देवगुप्त ने अपनी बायीं तरफ खड़ी घुड़सवारों को तुरंत अपनी सेना के समर्थन में भेजा। अब तो एक प्रकार से मल्ल युद्ध शुरू हो चुका था। ग्रहवर्मा ने अपना आपा खो दिया और हाथी से उतर कर घोड़े पर सवार हो गए और तेजी से देवगुप्त की तरफ बढ़े। सेनापति हंसराज अपनी पूरी ताकत से मालवा की विशाल सेना के साथ युद्ध कर रहे थे।

जब देवगुप्त ने देखा कि ग्रहवर्मा के स्वयं उसकी तरफ आने से कन्नोज की सेना और भी उत्साहित हो युद्ध कर रही है तब उसने थोड़ा पीछे हटने की कोशिश की। जैसे ही वह पीछे की ओर मुड़ा उसने सामने देखा शशांक की विशाल सेना धूल उड़ाते हुए उसके साथ जुड़ रही थी। शशांक एक बड़ी सी तलवार लिए चीखता हुआ देवगुप्त के सेना के साथ आ मिला।

अब मालवराज देवगुप्त, जो अभी ग्रहवर्मा को अपनी तरफ आते हुए देख घबराकर पीछे हट रहा था, ने फिर से अपने सैनिक की कमान संभाली और तेजी से ग्रहवर्मा की तरफ बढ़ा। अब उसकी सेना कन्नौज की सेना की तुलना में भारी हो गयी थी। ग्रहवर्मा अपने घोड़े से भी उतर गए और देवगुप्त से जा भिड़े। युद्ध होते-होते शाम हो गयी। दोनों सेनाएं एक दूसरे पर भारी पड़ रही थी। किन्तु कन्नौज की सेना अब शिथिल हो चली थी। मालव रज देवगुप्त ने कोई भी अवसर नहीं खोया और उसने ग्रहवर्मा की हत्या कर दी। मालवा की सेना ने विजयी होने का शंख फूँका। कन्नौज की सेना में भगदड़ मच गयी। मालवा की सेना ने उन्हें काट डाला और सेनापति हंसराज भी भीषण युद्ध भूमि में खेत हुए।

महादेव की मूर्ति के समक्ष बैठी राज्यश्री की तंद्रा अचानक से भंग हो गयी। उसने देखा महादेव के चरणों में प्रज्वलित हो रहे सभी दीपक अचानक से बुझ गए। वह समझ गयी कन्नौज अब समाप्त हो चुका है। अब उसकी कानों में महल के अन्दर की स्त्रियों की चीत्कार सुनायी देने लगी। वह उठी और महादेव की चरणों में रखे एक बड़े से तलवार को उठा लिया। उसने रौद्र रूप धारण कर लिया था। वह पूजा घर से बाहर निकली ही थी कि परिचारिकाओं को अपने तरफ दौड़ कर आते देखा। एक ने हाँफते हुए कहा,

'देवी! कन्नौज के भाग्य विधाता ने युद्ध में अपने प्राणों की बलि दे दी। कन्नौज का सूरज अब अस्त हो चुका है। दुष्ट देवगुप्त अपनी सेना के साथ महल में प्रवेश कर चुका है। देवी! आग्रह है कि आप अपनी बची हुई सेना के साथ थानेश्वर की ओर प्रस्थान करें ताकि दुष्टों से फिर से मुकाबला किया जाए।'

राज्यश्री का कोमल हृदय क्रोध की ज्वाल से भड़क उठा। उसने चीखकर कहा, 'कन्नौज का सूर्य कभी अस्त नहीं होगा। दुष्ट मालवराज आज मेरे ही हाथों मारा जाएगा।'

वह अकेली ही तलवार लिये महल से बाहर की ओर दौड़ी। राज्यश्री का यह रूप देख परिचारिका और महल में मौजूद सैनिकों ने उसे अपनी सुरक्षा के घेरे में ले लिया। तभी देवगुप्त ने अपनी सेना के साथ महल में प्रवेश किया। महल में जो भी बचे थे सभी ने देवगुप्त की सेना के युद्ध शुरू कर दिया, किन्तु वे टिक नहीं पाए। राज्यश्री ने एक नजर देवगुप्त की तरफ देखा। उसे देखते ही वह हाथों में तलवार लिए उसकी तरफ दौड़ी। मालवराज ने राज्यश्री के इस रूप को जब देखा तो पहले तो उसने घबराकर पीछे हटने का फैसला किया, किन्तु राज्यश्री स्वयं उसके निकट आते-आते जमीन पर गिरकर बेहोश हो गयी। देवगुप्त ने सैनिकों की ओर इशारा किया। उन्होंने राज्यश्री को घेर लिया। उसने तलवार को अभी भी हाथों में कस के पकड़ रखा था। महल में अधिकांश सैनिक मार डाले गये। बाकी को गिरफ्तार कर लिया गया।

राज्यश्री अब मालव राज देवगुप्त के कैद में थी। उसे कन्नौज के कारागार में डाल दिया गया।

# 10

थानेश्वर अब पूरी तरह से विपत्तियों में घिर चुका था। ऐसा प्रतीत हो रहा था कि पुष्यभूति वंश के द्वारा स्थापित सत्ता का अंत होने ही वाला है। जब पूरा महल निराशा के घोर अंधकार में डूबा हुआ था राज्यवर्द्धन हूणों पर विजय हासिल कर राजधानी थानेश्वर पहुँचे। कोई और दिन होता तो अपनी पहली लड़ाई में जीत प्राप्त करने के लिए थानेश्वर में खुशियों के दीप जलाये जाते, राजाधिराज प्रभाकरवर्द्धन अपने युवराज के स्वागत में खड़े होते और माता यशोवाती आरती सजाकर अपने वीर पुत्र की पूजा करती। किन्तु महल में राज्यवर्द्धन की जीत का स्वागत करने वाला आज कोई भी नहीं था।

युवराज राज्यवर्द्धन महल पहुंचे। सन्देश वाहक ने उन्हें उनके पिता की मृत्यु की सूचना दे दी थी। वह शोक में डूबे हुए महल पहुँचे। उनकी स्थिति बहुत ही खराब थी। वह हूणों के साथ लड़ाई में घायल हो चुके थे। उनके शरीर पर घावों के निशान थे। उन घावों को लम्बी सफ़ेद पट्टी के द्वारा बंधा गया था। घाव अभी भी ताजा प्रतीत हो रहे थे। वह तकलीफ में थे किन्तु उन्होंने अपने शारीरिक तकलीफ प्रकट नहीं होने दी। उनका शरीर कमजोर दिख रहा था। अपने सर पर जिस मुकुट को पहन कर युद्ध के लिए निकले थे उसे उन्हें एक विजयी के रूप में पहने हुए महल

में प्रवेश करना था किन्तु उन्होंने शोक में उसे भी उतार दिया था। उनके कानों में इन्द्रनील जटित बाली हुआ करती थी जिसे भी उन्होंने धारण नहीं किया था। उसके स्थान पर पवित्री पड़ी हुई थी।

महल में प्रवेश करने के बाद राज्यवर्द्धन भीतर आकर बैठ गए। उन्होंने कुछ भी नहीं कहा। परिजनों के द्वारा लाये हुए जल से उन्होंने अपने चेहरे को धोया और फिर सफ़ेद वस्त्रों से उन्होंने अपने शरीर को साफ़ किया। उनके घावों पर अभी भी ताजे निशान दिख रहे थे। थोड़ी देर वे उसी प्रकार बैठे रहे और फिर स्नान भूमि पर जाकर स्नान किया। फिर आँगन में चारों तरफ बने कमरे के मध्य एक बड़े से चबूतरे पर जा बैठे। जब राज्यवर्द्धन ग़मगीन होकर बैठे थे तभी उनके परिजनों एवं ख़ास सामंतों का आगमन हुआ। इसी समय उनके अनुज हर्षवर्द्धन भी उपस्थित हुए थे। उन्होंने सफ़ेद वस्त्र धारण कर रखा था।

राज्यवर्द्धन ने हर्ष की ओर ग़मगीन नजरों से देखा और कहा, 'तात, मेरा मन शोक से भर गया है। अब राज्य मुझे विष की तरह लगता है। मुझे राज्य लक्ष्मी को त्याग देने का मन कर रहा है।'

हर्षवर्द्धन ने कुछ भी नहीं कहा। राज्यवर्द्धन अपने छोटे भाई की ओर देखते रहे। फिर उन्होंने हर्ष को संबोधित करते हुए कहा,

'तात, अब मेरी इच्छा आश्रम में चले जाने की हो रही है। अब तुम थानेश्वर का राज्य भार ग्रहण करो। मैंने आज से शास्त्र छोड़ दी है। मेरा मन विचलित हुआ जा रहा है। मुझसे अब कोई भी सत्ता नहीं संभाली जाएगी।'

अपने अग्रज के इस विचार को सुनते ही हर्ष फूटकर रोने लगे। उनका मन विदीर्ण हो गया। हर्ष के मन में अब अनेक प्रकार के तूफ़ान

उमड़ने लगे। किन्तु वह कुछ भी बोल नहीं पा रहे थे। उन्होंने सिर्फ अपने सर को नीचे कर लिया था। माता-पिता के खो जाने के बाद के दिन से ही हर्ष के मन में जो दुःख का भाव उमड़ा उससे उनके चेहरे पर न तो अभिमान, न ही रोष और न ही कोई खुशी दिखाई दे रही थी। उनका चेहरा अब एक मुनि की तरह प्रतीत हो रहा था। वह एक दुर्लभ सत्यवादी राजकुमार से दिख रहे थे।

जब राज्यवर्द्धन और हर्षवर्द्धन के बीच ऐसी गंभीर बातें हो रही थीं तभी महल के एक अधिकारी ने एक संवादक को उनके सामने पेश किया। वह संवादक कन्नौज से आया था और राज्यश्री का ख़ास संवादक था। दोनों भाइयों के सामने आते ही वह जोर-जोर से रोने लगा और फिर चीत्कार मार कर जमीन पर गिर पड़ा। राज्यवर्द्धन ने उसे स्नेह से उठाया और पूछा,'

'दूत, भयभीत मत हो। निडर होकर बताओ। हमारी बहन राज्यश्री के कन्नौज में सब कुशल तो है?'

दूत ने रोते हुए कहा,' देव! जिस दिन सम्राट के निधन की खबर फ़ैली, उसी दिन दुरात्मा मालवराज ने कन्नौज पर आक्रमण कर ग्रहवर्मा की हत्या कर दी और देवी राज्यश्री के पैरो में बेड़ियाँ बांध कर उन्हें कानकुब्ज (कन्नौज) के कारावास में डाल दिया। देव! सुना यह भी जाता है कि वह दुष्ट सेना के नायक राजाधिराज प्रभाकर वर्द्धन के अब इस संसार में नहीं रहने से लाभ उठा कर थानेश्वर पर भी आक्रमण करना चाहता है।'

दूत के इस कथन को सुनते ही राज्यवर्द्धन क्रोध की अग्नि में जलने लगे। उनके मन मस्तिष्क में माता-पिता की मृत्यु के उत्पन्न जो शोक प्रकट हुआ था वह अब जा चुका था। वह क्रोधित होकर उठ खड़े हुए।

उन्होंने अपने बाएं हाथों को म्यान पर रखा और दाहिने हाथों से तलवार को निकलते हुए हर्षवर्द्धन से कहा,

'तात! राजकुल, बन्धु-बांधव, परिजन, प्रजा और इस पृथ्वी को अब तुम संभालो, मैं तो आज ही मालवराज के कुल का नाश करूंगा। मेरे लिए अब यही तप है कि मैं अत्यंत ही नीच शत्रु का दमन करूँ।'

जब हर्षवर्द्धन ने उन्हें रोकने की कोशिश की तो राज्यवर्द्धन ने और भी उग्र रूप धारण करते हुए कहा,

'मालावराज के दिन पूरे हुए। हिरन शेर की मूँछ मरोड़ना चाहता है, मेंढक काले सांप को तमाचा मारना चाहता है, बछड़ा बाघ को बंदी बनाना चाहता है, पानी का सांप गरुड़ की गर्दन टीपना चाहता है, अंधकार सूर्य को दबोचना चाहता है- यह तो मालवों ने पुष्यभूति वंश का अपमान किया है।'

राज्यवर्द्धन हर्ष के करीब आए और उनकी बाँहों को झकझोरते हुए कहा,' क्रोध ने अब मेरे मन के जलन को मिटा दिया है। सब राजा और हाथी यहीं तुम्हारे साथ रहेंगे। अकेला मैं ही दस हजार घुड़सवार सेना को लेकर जाऊँगा।'

सम्राट और महारानी यशोवती की मृत्यु से जो थानेश्वर उदासी के घेरे में आ चुका था अचानक से राज्यवर्द्धन के चीत्कार से एक बार फिर से जोश में आ गया। राज्यवर्द्धन ने हाथों में तलवार लिए फौरन अपने मंत्रियों से कन्नौज की तरफ कूच करने का आदेश दिया। नगर में डंके की आवाज सुनाई पड़ने लगी। सैनिकों ने घोड़े की जीन कस दी। राज्यवर्द्धन सिर्फ दस हजार चुनिंदे घुड़सवार सैनिकों के साथ तेजी से कन्नौज की तरफ

बढ़कर देवगुप्त को घेर लेना चाहते थे। अब हर्ष भी उत्तेजित हो उठे और उन्होंने अपने अग्रज भ्राता से कहा,

'आर्य के प्रसाद से मैं पहले कभी वंचित नहीं रहा। कृपा कर मुझे भी अपने साथ युद्ध में ले जाएं।' इतना कहकर हर्ष ने अपने बड़े भाई के चरणों में अपना सर रख दिया। किन्तु राज्यवर्द्धन किसी भी सूरत में हर्ष को यह जिम्मेदारी नहीं देना चाहते थे। पिता की मृत्यु के बाद वह दोनों भाई एक साथ पुष्यभूति वंश पर कोई ख़तरा उत्पन्न नहीं करना चाहते थे। अतः राज्यवर्द्धन ने हर्ष को उठाते हुए कहा,

'तात! इस प्रकार के छोटे शत्रु के लिए भारी तैयारी करना शोभा नहीं देता। हिरण को मारने के लिए शेरों के झुण्ड को ले जाना लज्जा स्वरूप है। तिनकों को जलाने के लिए क्या अग्नियाँ कभी कवच को धारण करती है? और फिर, तुम्हारे पराक्रम के लिए तो अठारह द्वीपों की अष्टमंगलक माला पहनने वाली पृथ्वी उपयुक्त विषय है।'

हर्ष की उम्र मात्र सोलह साल की ही थी। उन्होंने भरी निगाहों से अपने भाई की तरफ देखते हुए कहा, 'अग्रज, मुझे अपने इस प्रसाद से वंचित नहीं कीजिए। युद्ध के मैदान में मैं भी उस दुष्ट का संहार करना चाहता हूँ जिसने हमारी बहन राज्यश्री के सुहाग को उजाड़ कर उसे कैद कर रखा है।'

राज्यवर्द्धन ने हर्ष को फिर से समझाते हुए कहा, 'हे तात! सारी पृथ्वी तुम्हारी है। तुम सुन्दर सोने के पत्र लताओं से सजे धनुष को सकल पृथ्वी के विजय के लिए उठाओ। मुझे अकेले ही आज शत्रु का नाश करने दो। मुझे क्रोध का ग्रास अकेले ही खाने दो,' और इतना कहकर राज्यवर्द्धन

हुंकार भरते हुए महल से बाहर निकले और उनकी सेना तूफ़ान की भांति कन्नौज की तरफ उड़ने लगी।

उधर कन्नौज के राजा ग्रहवर्मा की हत्या करने और फिर राज्यश्री को कारागार में डाल देने के बाद मलवराज देवगुप्त ने शहर पर कब्जा कर लिया था। वह अपने नए मित्र गौढ़ नरेश शशांक के साथ मिलकर जश्न मन रहा था। प्रजा पूरी तरह से भयभीत थी। उनके मन में कई आशंकाएं उठ रही थीं। प्रजा को लग रहा था कि अब शायद ही मौखरि वंश कभी आगे बढ़े। प्रजा को मौखरी वंश का विनाश साफ़ दिख रहा था। तब नशे में देवगुप्त ने शशांक से कहा,

'मित्र गौढ़ नरेश, समय पर समर्थन देने के लिए आपका धन्यवाद। आप अब मुझे थानेश्वर पर भी राज करने का अवसर दीजिए। कन्नौज के मौखरियों को समाप्त करने के बाद अब मैं ज़रा पुष्यभूतियों पर भी प्रहार करना चाहता हूँ।'

गौढ़ नरेश शशांक, जो मालवा राज से काफी अनुभवी था और जिसने गुप्त साम्राज्य की सेवा कर अपने अनुभवों को बटोरा था, ने देवगुप्त की तरफ नशे से भरी नजरों से देखते हुए कहा, 'पुष्यभूति वंश के राजाओं को संभालना आपके अकेले के वश की बात नहीं है मित्र! आपसे साथ मेरी जो गुप्त संधि हुई है उसके आधार पर मैं आपका इस आक्रमण में साथी नहीं हूँ। मुझे सिर्फ कन्नौज तक ही रहना था। फिलहाल आप भी कन्नौज तक ही सीमित रहें और मगध पर आक्रमण करने में मेरी सहायता करें तो ज्यादा उचित होगा।'

'क्यों नहीं, क्यों नहीं मित्र। ज़रा इस विजय का आनंद तो उठा लेने दीजिये। हमारी सेना तो आपके ही अधीन मगध की ओर बढ़ेगी,' देवगुप्त ने नशे में कहा।

जबकि अपने भविष्य के लिए कन्नौज शहर पूरी तरह से अशंकित था, महल पर कब्जा किए देवगुप्त आनंद मना रहा था। उसने इसी प्रकार मालवा को भी महासेनगुप्त से छीना था, जब वह राजा काफी वृद्ध हो चुका था। देवगुप्त की नजर पूरे उत्तर भारत पर टिकी थी जिसके लिए उसे कन्नौज के बाद थानेश्वर को कब्जा करना जरूरी था। उसके मन में क्या चल रहा था इससे शशांक अनभिज्ञ नहीं था। दोनों की इच्छाएं असीमित थीं। दोनों ने गुप्त साम्राज्य के कमजोर होने का भरपूर लाभ उठाया था और अपनी-अपनी सत्ता स्थापित की थी। शशांक ने महफ़िल से उठते हुए कहा,

'मित्र देवगुप्त, अब मुझे प्रस्थान की आज्ञा दीजिए। लुटे हुए धन का बंटवारा हो जानी चाहिए। मुझे अब गौढ़ की तरफ वापस जाना है। वहां से फिर से तैयारी कर मगध की ओर सैनिक अभियान करूंगा।'

ये सारी बातें हो ही रही थी कि जीत के जश्न में खलल पड़ा। मालवा के एक दूत ने आकर खबर दी कि थानेश्वर के युवराज राज्यवर्द्धन ने एक विशाल घुड़सवार सेना के साथ कन्नौज की घेराबंदी कर दी है। देवगुप्त का तो पूरा नशा ही जाता रहा। उसे इस बात की तनिक भी आशंका नहीं थी कि थानेश्वर इतनी जल्दी प्रतिकार करेगा। ग्रहवर्मा के साथ हुई लड़ाई में हालांकि उसने विजय हासिल की थी फिर भी वह युद्ध भयानक था जिसमें उसे बड़ी सैनिक क्षति हुई थी।

अब देवगुप्त ने एक बार फिर बंगाल नरेश शशांक की ओर देखा। शशांक अपनी सेना सहित वापस जाना चाहता था। यह सुनकर कि हूणों की शक्ति को ललकार कर उसे पराजित करने वाले युवा राजकुमार राज्यवर्द्धन ने अपनी विशाल अश्व सेना के साथ कन्नौज को घेर लिया है देवगुप्त के पैर बिना युद्ध किए ही कांपने लगे। अब उसकी सारी उम्मीद शशांक पर टिकी थी। शशांक ही राज्यवर्द्धन के क्रोध से उसकी रक्षा कर सकता था। देवगुप्त ने कातर भारी नजरों से गौढ़ नरेश शशांक की ओर देखा और कहा,

'रुक जाइए मित्र। अभी फिर मुझे सैनिक सहायता की जरूरत आ पड़ी है। अब थानेश्वर के राजकुमार से भी निबट ही लिया जाए।'

' आपने राज्यश्री को बंदी बना कर बहुत पड़ा पाप किया है। यह आपको नहीं करना चाहिए था मालवराज। यदि राज्यवर्द्धन इतना क्रोधित है और इतनी जल्दी आ धमका है तो उसके पीछे अपनी बहन का वह अपमान है जिसे आपने किया है। मैं इस पाप का भागी नहीं बनना चाहता,' शशांक ने क्रुद्ध होकर जवाब दिया।

देवगुप्त अब और घबरा उठा। इस संकट की घड़ी को अकेले टालने की शक्ति उसके पास नहीं थी। थानेश्वर की सुसज्जित सेना, जिसका निर्माण राजाधिराज प्रभाकरवर्द्धन ने किया था अब उसका नेतृत्व राज्यवर्द्धन के हाथों में था। देवगुप्त ने शशांक को लोभ देते हुए कहा,

'गौढ़ नरेश, साथ दीजिए। कन्नौज की लूटी गयी सारी संपत्ति आपकी हुई।'

देवगुप्त के इस प्रस्ताव पर शशांक थोड़ा सोच में पड़ गया। उसने एक क्षण के लिए सोचा कि मगध पर आक्रमण करने के लिए उसे धन

की जरूरत् पड़ सकते थी। उसने तुरंत फैसला लिया और कहा, 'ठीक है मालवराज, मैं रुकूंगा, किन्तु मेरी समस्त सेना जिसे मैं गौढ़ से साथ लेकर आया हूँ उसका आधा हिस्सा ही आपके युद्ध में साथ देगी। मुझे भी तो गौढ़ वापस जाना है।

मरता क्या न करता! देवगुप्त ने तुरंत शशांक के प्रस्ताव को स्वीकार कर लिया। वह जीते हुए कन्नौज के महल से बहार निकला। उसके पास जितनी भी शक्ति थी उसने सभी को बटोर ली। उसने महल में तैनात अपने सैनिकों को भी युद्ध में चलने का आदेश दिया। वह पूरी ताकत के साथ राज्यवर्द्धन का मुकाबला करना चाहता था। इसी में उसका भविष्य निर्भर था। जब वह महल से वापस निकला तो उसने कन्नौज शहर को एक प्रकार से खाली कर दिया था। महल सूना पड़ गया। राज्यश्री के लिए यह वरदान था।

# 11

कन्नौज के राज दरबार में देवगुप्त और शशांक के बीच जो भी बातें हो रही थीं उसे कन्नौज का एक कुल पुत्र जिसका नाम गुप्त था ने चुपके से सारी बातें सुन ली। जब महल से सारे सैनिक युद्ध की तैयारी करने चले गए तब युवा गुप्त चुपके से कारागार की ओर बढ़ा। उसे लगा कि इससे सुनहरा अवसर देवी राज्यश्री को बचने का फिर कभी नहीं मिलेगा। महल लगभग खाली हो चुका था। बहुत ही कम संख्या में नौकर-चाकर भी बचे थे। कन्नौज का कोई भी सुरक्षा प्रहरी गुप्त को नजर नहीं आ रहा था। वह ग्रहवर्मा के कुल घराने का ही एक साहसी युवा था जिसकी प्रतिबद्धता कन्नौज के साथ थी। उसने अब ठान किया कि किसी भी प्रकार वह देवी राज्यश्री को कारागार से मुक्त करेगा।

युवा गुप्त को मालूम था कि कारागार किस तरफ है। किन्तु उसने सीधे उस ओर बढ़ने से बेहतर पहले राज्यश्री के अन्तःपुर की तरफ जाना उचित समझा। उसने सोचा शायद राज्यश्री की कोई ख़ास सेविका से उसकी मुलाक़ात हो जाए तो उसका यह अभियान सफल रहेगा। उसने इससे पहले कभी भी अन्तःपुर में प्रवेश नहीं किया था; कर भी नहीं सकता था। किन्तु आज वह स्थिति नहीं थी। अन्तःपुर के सारे रौनक समाप्त हो चुके थे। वहां सभी कुछ टूटे और बिखरे पड़े थे। वह जानता था कि इस

स्थान पर जाना रजा के अलावा हर कोई के लिए वर्जित था इसलिए वह द्वार पर थोड़ी देर हिचका। फिर उसने हिम्मत जुटाई और धीरे से दबे पाऊँ कमरे में प्रवेश कर गया। वहां काफी अंधेरा था। कुछ क्षण वह उसी तरह खड़ा रहा और जब उसकी आँखें अँधेरे के लिए थोड़ी सी अभ्यस्त हो गयी तब उसने नजरें दौड़ानी शुरू की। उसने कुछ हरकतें देखीं। वह आगे बढ़ा। एक स्त्री जमीन पर औंधी सी लेती हुई थी। उसने धीरे से उसे उठाने की कोशिश की। वह बेहोश थी। उसने सोचा, शायद देवी राज्यश्री की सेविका होगी। उसने अपने हाथों को उसके गले के पास लाया। टटोल कर देखा तो साँसे चल रही थीं। वह फौरन मुड़ा और अँधेरे कमरे में नजर दौड़ाई। जमीन पर एक वर्तन पड़ा था। उसने छू कर देखा, उसमें थोड़े से जल थे। उसने अपनी अंजली में थोड़ा सा जल लिया और बेहोश पड़ी युवती के चेहरे पर छींट दिया। फिर उसके पास घुटने के बल बैठकर उस युवती को धीरे से झकझोरा। उसकी बेहोशी टूट गयी। वह घबराकर चीखना ही चाह रही थे की युवा गुप्त ने जोर से उसके मुंह को अपने ताकतवर पंजे से बंद कर दिया और धीरे से फुसफुसाते हुए कहा,

'भयभीत न हो, मैं मौखरि वंश का की एक कुल पुत्र हूँ। देवी राज्यश्री को बचाने आया हूँ। इस पवित्र कार्य में तुम मेरी सहायता करो।'

अब उक्त सेविका की बेहोशी पूरी तरह से टूट चुकी थी। उसने उठने की कोशिश की। उसे गुप्त ने सहारा देकर उठाया। उसने कहा, 'देवी राज्यश्री तो कारागार में है कुल पुत्र।'

'महल में देवी राज्यश्री की और भी तो सेविकाएँ होंगी, वे सारी कहाँ हैं?' गुप्त ने धीमी आवाज से पूछा।

'कुछ को तो कैद कर बगल के महल में रखा गया है और कुछ को मालवा के सैनिक उठा कर ले गये,' सेविका ने जवाब दिया।

'क्या तुम बता सकती हो कि वे सारी सेविकाएँ कहाँ पर कैद हैं?' गुप्त ने पूछा।

'आप चलिए मेरे साथ कुल पुत्र। पास ही हैं,' वह बोली और फिर युवा गुप्त उसके साथ एक गलियारे की तरफ बढ़ा। उसने सेविका से कहा,' तुम भी एक अस्त्र ले लो।' सेविका ने उत्तर दिया, 'इसी कमरे में देवी राज्यश्री की कटार रखी हुई है,' और उसने सफ़ेद हाथी के दांतों से बनी एक खूबसूरत सी कटार को उठा लिया। अब दोनों तेजी से उस कमरे की तरफ बढ़े जहाँ सेविकाओं को कैद कर के रखा गया था।

युवा कुल पुत्र गुप्त ने जैसे ही दरवाजे को खोला सामने ही पांच स्त्रियाँ जमीन पर पड़ी हुईं थीं जिनके हाथ-पैर मजबूती से बाँध दिए गये थे। वह सेविका के साथ तेजी से बढ़ा। सेविका ने कटार की सहायता से सभी के हाथ खोल दिए। एक थोड़ी उम्रदराज सेविका ने शंका की निगाहों से दोनों को देखते हुए कहा,

'संध्या, यह युवा तुम्हारे साथ कौन हैं?'

'ये कुल पुत्र गुप्त हैं। महल पूरी तरह से बर्बाद हो चुका है और देवी राज्यश्री कारगर में कैद हैं। ये उन्हें बचाने निकले हैं।'

'आप धन्य हैं कुल पुत्र!' उसने कहा और फिर सभी उठ खड़े हुई। फिर उसने कहा,' देवी राज्यश्री को बचाने के लिए हम सब अपने प्राणों की आहूति दे देंगे। शीघ्र ही कारागार की तरफ चलें।'

सभी ने अपने हाथों में जो भी हथियार मिला ले लिये और तेजी से कारागार की तरफ चल पड़े। महल में भयानक सन्नाटा था। गोधूलि थी; अभी अंधेरा होना बाकी था। धीरे से कारागार के मुख्य द्वार पर पहुंचे। सामने मालवा के चार सैनिक खड़े थे। बड़ी-बड़ी मूँछों वाले। उनके हाथों में भाला था। एक सेविका ने अपने कंधे के पीछे लादे तरकश से एक वाण निकला और उसे धनुष पर चढ़ाते एकदम सही निशाना साधा। एक सैनिक ढेर हो चुका था। अब सभी ललकारते हुए मालवा के सैनिक पर टूट पड़े। वे टिक नहीं पाए। सभी तुरंत ही मार डाले गए।

युवा गुप्त ने कारागार का द्वार खोल दिया। वहां एक विशाल पीपल का वृक्ष था। रास्ता उसी के अन्दर से होकर जाता था। आम जनों को कुछ पता नहीं चलता कि इस वृक्ष की जड़ से होकर भी कोई रास्ता था। एक सीलन भरे कमरे में राज्यश्री पड़ी हुई थी। उसके वस्त्र मैले हो चुके थे। उसके हाथ और पैर दोनों में जंजीरें पड़ी हुई थीं। दीवार पर एक छोटा सा मशाल जल रहा था। उसकी पीली रौशनी में राज्यश्री ने अपनी निजी सेविकाओं को पहचान लिया। उसकी आँखों में आंसू भर आए। वह बहुत कमजोर सी दिखती थी। उसने उठने की कोशिश की किन्तु उठ नहीं पायी। अब युवा गुप्त आगे बढ़ा और अपनी तलवार से बेड़ियों को काट डाला। राज्यश्री अब आजाद थी। सभी सेविकाएँ उसकी चरणों पर गिर कर रोने लगी। युवा गुप्त ने तुरंत अपना परिचय देते हुए कहा,

'देवी, मैं मौखरि कुल पुत्र गुप्त हूँ। अब समय ना गंवाइये। हम सब आपको इस भयानक कारागार से मुक्त कराने आये हैं।'

'कुल पुत्र, बाहर तो सैनिकों का पहरा होगा। कैसे निकलेंगे?' राज्यश्री ने कहा।

'कारागार के सामने खड़े सारे सैनिक मारे जा चुके हैं। थानेश्वर से आप के अग्रज भ्राता युवराज राज्यवर्द्धन ने अपने सैनिकों के साथ कन्नौज को दुष्ट देवगुप्त से मुक्त कराने आ चुके हैं। यही सुनहरा अवसर है, हम सब यहाँ से निकल चलें,' कुल पुत्र ने समझाया।

राज्यश्री को उसकी बात उत्तम लगी। उसने कहा, 'भ्राता राज्यवर्द्धन के हाथों दुष्ट मालवराज आज ही मारा जाएगा। उसे मेरे भाई के प्रचंड क्रोध से अब ईश्वर भी नहीं बचा सकता। चलो, निकलते हैं इस कारागार से,' राज्यश्री ने कहा और सभी उस अँधेरे कमरे से बाहर निकल आये।

उधर शाम होने से पहले ही राज्यवर्द्धन की सेना ने देवगुप्त को घेर लिया था। उसकी विशाल अश्वारोही सेना को देख शशांक ने देवगुप्त से कहा,

'मित्र! मुझे लगता है कि फिलहाल युद्ध करना उचित नहीं होगा। हमारी सेनाएं थकी हुई है। फिर थानेश्वर के इन अनुशासित सैनिकों को देख मुझे न जाने क्यों ऐसा प्रतीत हो रहा है कि अभी युद्ध करना उचित नहीं होगा, शशांक ने सलाह ही।

किन्तु देवगुप्त ने शशांक की सलाह को दरकिनार कर अपने सैनिकों को तेजी से राज्यवर्द्धन की ओर भेज दिया। कुछ ही क्षण में मालवा की सेनाएं काट डाली गयी। काले रंग के घोड़े पर सुनहरे कवच पहने राज्यवर्द्धन हाथों ने विशाल तलवार लिए देवगुप्त को ललकारते हुए कहा,

'दुष्ट मालवराज! सिंह से मुकाबला करने चला है। तुम मेरे कुल के हत्यारे हो। आज तू इस रणक्षेत्र से जीवित बचकर नहीं जा सकता। जो राजा स्त्री का अपमान करता है उसे देवता भी शरण नहीं देते। तुमने तो

देवी जैसी मेरी बहन राज्यश्री का अपमान किया है। आज तुम्हें तुम्हारे देवता भी मेरे क्रोध से नहीं बचा सकते।'

'तुमसे कौन डरता है थानेश्वर कुमार। मैंने मौखरि वंश के अंतिम दीप को बुझा दिया और अब आज तुम खुद मेरे सामने पुष्यभूति का चिराग बनकर आये हो। उसे भी बुझा दूंगा।'

राज्यवर्द्धन, जिन्होंने अभी-अभी हूणों को परास्त किया था और जिनके चेहरे पर युद्ध के घाव सूखे भी नहीं थे, ने भयानक गर्जना की और तीव्र गति से मालवराज देवगुप्त की तरफ बढ़ते हुए एक ही वार में अपनी तलवार से उसके सिर को काट डाला। उनके इस रौद्र रूप को देख शशांक भयभीत हो उठा और उसने तुरंत ही संधि का प्रस्ताव रख दिया। मालवा की सेना अब पूरी तरह से बिखर गयी थी।

शशांक ने संधि का प्रस्ताव रखते हुए कहा,' थानेश्वर के युवराज, आप उच्च कुल के हैं। आपकी शरण में आने वाले शत्रु भी आपपर भरोसा करते हैं। रात होने वाली है, आइये मिल बैठकर समस्याओं को सुलझाने की कोशिश करते हैं।'

'गौढ़ नरेश, आपसे तो हमारा कोई वैर नहीं था। फिर आप इस षड्यंत्र में कैसे शामिल हो गये?' मालवराज देवगुप्त की हत्या करने के बाद राज्यवर्द्धन का मन थोड़ा शांत हो चुका था। अब उसने शशांक से युद्ध करना उचित नहीं समझा। दोनों सेनाएं शांति से खड़ी थी। राज्यवर्द्धन को अब राज्यश्री की चिंता सता रही थी। उसने शशांक से ही पूछ लिया,

'मेरी बहन राज्यश्री को दुष्ट मालवराज ने किस कारागार में कैद कर रखा है?'

'देवी राज्यश्री सुरक्षित है। चलिए उन्हें कारागार से निकाल लाते हैं। किन्तु अंधेरा हो चुका है और कन्नौज में अब कोई प्रहरी नहीं बचे जो कारागार का रास्ता बता सके। मुझे भी तो नहीं मालूम। तो फिर, आपका मेरे खेमे में स्वागत है राजन' शशांक ने बड़ी चतुराई से कहा।

राज्यवर्द्धन ने उस शशांक पर भरोसा कर लिया जिसने मालवा के राजा देवगुप्त के साथ गुप्त संधि कर दोनों ही राज्यों पर कब्जा करने का पहले से ही षड्यंत्र कर रखा था। इस गुप्त संधि की राज्यवर्द्धन को कोई जानकारी नहीं ही। वह तो उत्तर दिशा में हूणों से उलझे हुए थे। उन्होंने अपनी सेना को विश्राम करने का आदेश दिया और शशांक के साथ उसके खेमे में चले गए।

शशांक ने राज्यवर्द्धन को आदरपूर्वक स्थान ग्रहण करते हुए कहा,' थानेश्वर के महाराज राजाधिराज प्रभकरवर्द्धन के निधन का मुझे शोक है। आपके कुल पर आक्रमण करने वाला और मौखरि वंश के अंतिम चिराग को बुझाने वाला देवगुप्त तो आपके हाथों ही मरा गया। आपने तो अपना प्रतिशोध ले लिया। तो फिर, अब हम दोनों में वैर कैसा?'

'गौढ़ नरेश, शत्रु ने एक घृणित कार्य किया था। वह ईश्वर के द्वारा भी क्षमा करने योग्य नहीं था। आर्यों की भूमि भारतवर्ष में स्त्रियों के विरूद्ध ऐसे अपमान की सजा मृत्युदंड ही हो सकती है। उसे मृत्यु का दंड देना उचित था। किन्तु मुझे एक बात समझ में नहीं आ रही कि इतनी दूर गौढ़ से आपके कन्नौज आने का प्रयोजन क्या है?' राज्यवर्द्धन ने सशंकित नजरों से शशांक की ओर देखते हुए कहा।

'महान गुप्त वंशों के पतन के बाद उनके बहुत सरे सामंतों ने अपनी अलग-अलग सत्ता हासिल की। आपके पूर्वजों ने भी कुछ ऐसा ही किया।

माना कि आपके साथ हमारी कोई दुश्मनी नहीं थी, किन्तु एक राजा तो अपने साम्राज्य के विस्तार का सपना देखता ही है,' शशांक ने कहा।

शशांक की इन बातों को सुनकर राज्यवर्द्धन तोड़ा सोच में पड़ गए। उन्हें कुछ अच्छा नहीं लग रहा था। अब उन्हें अपने भूल का एहसास हुआ। उन्हें लगा कि अकेले में गौढ़ नरेश की खेमा में उन्हें रात को नहीं आना चाहिए था। उन्होंने कहा,

'गौढ़ नरेश, मैं आशा करता हूँ कि आप अपनी सेना सहित वापस अपने राज्य में लौट जाएंगे। अब रात्रि का पहर होता जा रहा है। मुझे अपने लोगों के पास चलना चाहिए', इतना कहकर राज्यवर्द्धन उठे और बहार निकलने का प्रयास करने लगे।

शशांक ने कहा, 'युवराज, प्रातः काल ही मैं अपने सैनिकों के साथ वापस चला जाऊंगा। आइये गले मिलते हैं।'

राज्यवर्द्धन सहज भाव से शशांक की ओर मुड़े और गले मिले। अचानक ही उनकी पीठ में चुभन सी महसूस हुई। उन्होंने तेजी से शशांक को अपने से दूर हटाने की कोशिश की। उन्होंने देखा, शशांक लाल निगाहों से उन्हें घूर रहा था। उसके हाथ में एक नुकीली सी कटार थी जिसे उसने राज्यवर्द्धन के पीठ में अभी -अभी घोंपा था। राज्यवर्द्धन संभल ही पाते कि गौढ़ नरेश ने तेजी से उसी कटार को राज्यवर्द्धन के सीने में घोंप दिया। राज्यवर्द्धन गिर पड़े और शशांक ने एक जोर का ठहाका लगाया। उसके खेमे में उसके खास सैनिकों का प्रवेश हुआ। यह सब पूर्व निर्धारित था; राज्यवर्द्धन अनुमान नहीं लगा पाए। वह जमीन पर गिरे हुए थे। उनकी साँसें अब बंद हो चुकी थी। शशांक ने अपने सैनिकों से कहा,

'बाहर खड़ी थानेश्वर की सेना को काट डालो। राज्यश्री को कारागार से निकर कर मेरे पास लाओ। उसे बंदी बना कर गौढ़ ले जाऊंगा।

किन्तु राज्यश्री तो कारागार से कब का निंकल चुकी थी। अपनी ख़ास सेविकाओं और उस युवा कुल पुत्र के साथ बहार आयी तो काफी रात हो चुकी थी। उस युवा ने धीरे से कहा,

देवी! हमें विन्ध्याटवी की तरफ चलना है। वहां बौद्ध भिक्षुकों के कई आश्रम हैं। वहां सुरक्षित पहुंच जाने के बाद मैं खुद थानेश्वर जाकर आपकी सूचना युवराज को दे दूंगा।'

'कदाचित यह उचित रहेगा,' राज्यश्री ने कहा। और वे लोग तेजी से नगर से बाहर निकलने की कोशिश करने लगे। राज्यश्री ने देखा, नगर में चारों तरफ सन्नाटा छाया हुआ था। किसी भी घर में दीप नहीं जल रहे थे। उसे वह दिन आ गया जब वह विवाह कर थानेश्वर से कन्नौज आयी थी। तब कितना रौनक था। सरे नगर को दीपों से सजाया गया था। आज अंधकार छाया हुआ था। वे लोग तेजी से आगे बढ़ रहे थे। सामने एक घर था। अँधेरे में डूबा हुआ। वहां से स्त्रियों और पुरुषों के रोने की तेज आवाज आ रही थी। वे कह रहे थे,

'दो वंशों का अंत हो गया। पहले तो दुष्ट देवगुप्त ने हमारे राजा ग्रहवर्मा की हत्या कर दी और अब गौढ़ नरेश ने पुष्पभूति वंश के युवराज राज्यवर्द्धन को भी मार डाला। सब कुछ समाप्त हो चुका है। इससे बड़ी विपत्ति और क्या होगी।

अँधेरे कमरे से आ रहे करुण क्रंदन ने राज्यश्री को विचलित कर दिया। पति और साम्राज्य को खोने के बाद अपने भाई के मारे जाने की खबर को वह आगे सुन नहीं पायी और बेहोश होकर गिर पड़ी। जब

उसकी आँखें खुली तो उसने खुद को विन्ध्याटवी के जंगल में पाया। उसका चेहरा घोर उदासी में डूबा हुआ था। उसने मन ही मन प्रतिज्ञा किया- 'अब अपने जीवन को अग्नि को समर्पित कर देना है!'

# 12

घटनाएं तेजी से बदल रही थीं। थानेश्वर में हर्षवर्द्धन बहुत बेचैन से थे। उन्हें नींद नहीं आ रही थी। जब से उनके बड़े भाई राज्यवर्द्धन कन्नौज गए थे उनकी कोई खबर नहीं थी। वहाँ सेनाएं एक दूसरे के साथ किस प्रकार टकरा रही थीं और राज्यश्री का क्या हुआ इस विषय में भी हर्षवर्द्धन को कोई सूचना नहीं मिल रही थी। अतः वह एकांत में ही समय बिताने लगे। राज काज में मन नहीं लगता था। वे अब अपने सामंतों, मित्र देशों के राजाओं, पुरोहितों और यहाँ तक कि दरबारियों के साथ भी हमेशा उदासी भारी बातें किया करते थे। थानेश्वर का भविष्य उन्हें अंधकारमय दिखने लगा।

एक रात हर्ष को बहुत कोशिश के बाद नींद मिली। कई बेचैन रातों को काटने के बाद वह अच्छी नींद में सोए हुए थे। रात्रि का अंतिम पहर बीतने ही वाला था कि हर्ष ने एक बार फिर से एक दुखद सपना देखा। उन्होंने देखा कि एक लोहे का स्तंभ गिरा जा रहा है। वह घबराकर उठ बैठे। कमरे में जल रहे दीप भी अब टिमटिमाते हुए बुझने को ही थे। वह सोचने लगे, 'क्यों दुखद सपने उनका साथ नहीं छोड़ते? क्या ऐसे सपने राज्य के नाश की सूचना देते हैं?'

बेचैन होकर उन्होंने अपने कमरे में बची हुई रातों को टहल कर गुजारा। वह कभी अपने माता-पिता, कभी राज्यश्री और ग्रहवर्मा तो कभी भ्राता राज्यवर्द्धन के बारे में सोचते। उन्हें सब कुछ बिखरता हुआ नजर आता। जिस स्तंभ के गिरने का उन्होंने अभी-अभी सपना देखा था उसका उन्होंने अर्थ लगाना शुरू किया और फिर उनका मन राज्यवर्द्धन पर जा टिका। वह उनके लिए कुशल मनाने लगे। सुबह होने तक यही सब चलता रहा। जब थोड़ी सी रौशनी हुई तब हर्ष कमरे से बाहर निकले और आस्था मंडप में आकर बैठ गए।

महल एकदम शांत था। अभी शिवालय में घंटियाँ भी बजनी शुरू नहीं हुई थी। हर्ष आस्था मंडप में अकेले ही बैठे थे कि राज्यवर्द्धन का एक कृपा पात्र कुंतल को उन्होंने आते देखा। वह घुड़सवार सेना का सेनापति था। वह अपने घोड़े को तेजी से भगाता हुआ आस्था मंडप की तरफ बढ़ रहा था। वह नीचे उतरा और हर्ष के सामने हाथ जोड़कर खड़ा हो गया। हर्ष ने पूछा,

'कुंतल, क्या सूचना लाए हो? भ्राता राज्यवर्द्धन कुशल से तो हैं?'

कुंतल ने एक ही सांस में कहना शुरू किया, 'युवराज राज्यवर्द्धन ने तो खेल ही खेल में मालवा की सेना को मिटाकर दुष्ट राजा देवगुप्त को अपनी तलवार से काट दिया। किन्तु..!' इतना कहकर कुंतल चुप हो गया। उसकी आँखों से आंसुओं के धार बहने लगे। हर्ष आशंकित हो उठे। एक क्षण के लिए उन्हें अभी का देखा हुआ सपना याद आने लगा। उन्होंने विचलित होकर पूछा,

'कुंतल, जो भी समाचार लाए हो निडरता के साथ कहो। मेरा मन सुनने को तड़प रहा है।'

तब कुंतल ने रोते हुए कहा, 'देव! युवराज राज्यवर्द्धन ने तो विजय पा ही ली थी। किन्तु वे गौढ़ अधिपति शशांक के विश्वासघात का शिकार हो गए। शशांक ने दिखावटी आवभगत किया। युवराज ने उसपर विश्वास कर लिया। वह अकेले ही शस्त्रहीन दशा में उससे मिलने चले गए और शशांक ने धोखे से उनकी हत्या कर दी।'

इतना सुनना था कि हर्षवर्द्धन प्रचंड क्रोध की ज्वाला में जलने लगे। उनका स्वरूप अत्यंत भीषण हो उठा। सामने खड़ा कुंतल भयभीत हो उठा। उसने कभी भी हर्ष के इस रूप को नहीं देखा था। उसे ऐसा प्रतीत हुआ मानो हर्ष के अंदर भगवान शिव और भैरव का अथवा विष्णु और नरसिंह का रूप एक साथ समा गया हो।

हर्ष के इस भीषण रूप को देख थानेश्वर के प्रधान सेनापति सिंहनाद दौड़ता हुआ आस्था मंडप के पास आया। वह थोड़ा करीब ही बैठा था। वह हर्ष के चिंतन में बाधा उपस्थित नहीं करना चाहता था। किन्तु जब उसने हर्ष के इस रूप को देखा तो वह भी भयभीत हो उठा और उसके करीब आ गया। सिंहनाद एक वृद्ध सेनापति था जो हर्ष के पिता प्रभाकरवर्द्धन का मित्र भी रहा था। जब सिंहनाद करीब आया तो हर्ष ने चीखते हुए गौढ़ नरेश शशांक के बारे में कहा,

'झरोखे में जलने वाले प्रदीप को जैसे सिर्फ काजल मिलता है वैसे ही इस कृत्य के द्वारा गौढ़ अधिपति को केवल अपयश ही हाथ लगेगा। सूर्य के अस्त हो जाने पर भी सत्य पथ के वैरी के इस अंधकार से निपटने के लिए अभी चंद्रमा तो है ही। पृथ्वी के इस कलंक को कौन मृत्युदंड नहीं देगा? अब वह भागकर कहाँ जाएगा?'

हर्ष के इस क्रोध भरे रूप को कोई भी शांत नहीं कर सकता था। सिर्फ एक सेनापति सिंहनाद ही था जो उन्हें समझा सकता था। सेनापति काफी बुजुर्ग हो चला था किन्तु उसका शरीर अभी भी साल के वृक्ष की भांति लंबा और रंग गोरा था। उसकी आयु बहुत हो चुकी थी। उसके सर के बाल पूरी तरह से सफ़ेद हो चुके थे। भौंहें लटककर आँखों के पास आ गयी थीं। उसकी गाल पर सफ़ेद मूंछ किसी गुच्छे की तरह प्रतीत होते थे। उसकी दाढ़ी सफ़ेद झालरदार चँवर की तरह दिखती थी। उसकी चौड़ी छाती और मजबूत बाँहों पर घावों के कई निशान थे जो साबित करते थे कि थानेश्वर राज्य को सुरक्षित रखने के लिए उसने अपने शरीर की कोई भी परवाह नहीं की थी। वह अपने युग का एक महान सेनापति था।

तब हर्ष के क्रोध को शांत करने के लिए सेनापति सिंहनाद ने उन्हें कई प्रकार से समझाना शुरू किया। थानेश्वर के दरबार में सेनापति सिंहनाद का काफी सम्मान इसलिए भी था कि उसने राजाधिराज प्रभाकरवर्द्धन के साथ मिलकर कई युद्धों में विजय प्राप्त करने में मदद की थी और वह स्वयं प्रभाकरवर्द्धन का मित्र बन चुका था। वह दोनों राजकुमारों को काफी प्यार करता था और थानेश्वर के भविष्य के बारे में सोचता रहता था। राजाधिराज की मृत्यु के बाद उसे विश्वास था कि राज्यवर्द्धन अच्छी तरह से थानेश्वर का राजपाट संभाल लेंगे, किन्तु उनके असमय दुश्मन के हाथों मारे जाने से वह भी विचलित हो उठा था। अब उसकी सारी उम्मीदें हर्षवर्द्धन पर टिकी थीं जो तब मात्र सोलह साल के ही थे। जब उसने हर्ष को इतना क्रोधित देखा तब उसने शांत मन से उन्हें समझाना शुरू किया। सिंहनाद ने हर्ष से कहा,

'अकेले गौढ़ अधिपति की क्या बात है? आपको तो कुछ ऐसा करना चाहिए कि किसी दूसरे की हिम्मत इस तरह के आचरण करने की न हो।'

हर्ष का क्रोध अब धीरे-धीरे शांत हो रहा था। अब सूरज थोड़ा और ऊपर चढ़ने लगा था। यह समाचार कि युवराज राज्यवर्द्धन लड़ाई में खेत हुए हैं को सुनकर और भी सामंत और हितैषी आस्था मंडप की तरफ आने लगे। सभी ग़मगीन थे। उनके चेहरे पर आश्चर्य का भाव प्रकट हो. रहा था। वे भी क्रोधित हो हर्ष को अपनी सलाह देना चाहते थे, किन्तु जब उन्होंने देखा कि सेनापति सिंहनाद स्वयं कुछ कह रहे हैं तब उन्होंने अपना मुंह बंद रखना ही उचित समझा। सेनापति ने दृढ़ता से अपनी बातों से हर्षवर्द्धन को समझाते हुए कहा,

'राजकुमार, जिस मार्ग पर तुम्हारे पिता और पितामह चले हैं, उस प्रशंसनीय मार्ग पर चलते हुए उन शत्रुओं का जो कि पृथ्वी को जीतने की लालसा रखते हैं उनका ऐसा नाश करो कि उनके अन्तःपुर की स्त्रियाँ भी गहरी सांसें छोड़ने लगें। सम्राट के स्वर्गवासी हो जाने पर और राज्यवर्द्धन के दुष्ट गौढ़ अधिपति के द्वारा डंस लिए जाने से जो महाप्रलय का समय आया है, उसमें तुम में ही शेष नाग की भांति पृथ्वी को धारण करने की क्षमता है। जो राजा तुम्हारे शरण में हैं उन्हें धैर्य बंधाओ और उदंड राजाओं के मस्तक को काट कर उनपर अपने पैरो के निशान अंकित कर दो।'

अब हर्ष का मन और भी शांत होता जा रहा था। वे शांत मन से सेनापति सिंहनाद की बातों को सुन रहे थे। पास खड़े सामंत और स्नेही जन ने कभी भी इस बुजुर्ग सेनापति के इतने क्रोधित विचारों को नहीं सुना था। सेनापति राजा के कर्तव्यों को एक-एक कर बता रहे थे कि घोर संकट के समय एक राजा को क्या-क्या करना चाहिए। सिंहनाद ने फिर कहा,

'नीच गौढ़ अधिपति के नाश के लिए अचानक सैनिक कूच करो और अपना धनुष-वाण उठाओ।'

तब हर्ष ने उत्तर दिया, 'सेनापति, आपने जो कहा है वह अवश्य ही करने योग्य कार्य है। जबतक अधम चांडाल गौढ़ अधिपति जीवित रहकर मेरे मन में कांटे की तरह चुभ रहा है तबतक मेरे लिए नपुंसक की तरह रोना-धोना लज्जा जनक है। जबतक गौढ़ अधिपति की चिता से उठता धुआं न देख लूं तबतक मेरे नेत्र में आंसू कहाँ?'

फिर हर्षवर्द्धन खड़े हो उठे। उन्होंने अपने ईश्वर को साक्षी मानकर कहा,

'सेनापति सिंहनाद, तो फिर मेरी प्रतिज्ञा सुनिए। आर्य का चरण- रज का स्पर्श कर के मैं प्रतिज्ञा करता हूँ कि मैं यदि कुछ ही दिनों में इस पृथ्वी को गौढ़ -रहित न बना सकूँ और समस्त उदंड राजाओं के पैरो में बेड़ियाँ न पहना दूँ, तो घी से धधकती हुई आग में पतंगे की तरह अपने शरीर को जला लूंगा।'

इतना कहते हुए हर्षवर्द्धन ने पास ही बैठे महासंधिविग्रहाधिकृत अवंति को आज्ञा देते हुए कहा,

' लिखो, पूर्व में उदयाचल, दक्षिण में त्रिकूट, पश्चिम में अस्तगिरी और उत्तर में गंधमादन तक के राजा कर, दान के लिए, सेवा अर्पित करने के लिए, प्रणाम के लिए, आज्ञाकरण के लिए, दान पीठ पर मस्तक टेकने के लिए और चरणों में प्रणाम करने के लिए तैयार हो जाएं अथवा युद्ध के लिए कटिबद्ध रहें।'

अब हर्ष ने अपने मन में एक ठोस प्रण कर लिया था। वृद्ध सेनापति सिंहनाद ने उनके मन में फिर से जीने और थानेश्वर जितने बड़े साम्राज्य

को बनाए रखने के जो विचार भर दिए थे उससे हर्ष को लगा कि ऐसा कुछ भी असंभव नहीं है जो वह नहीं कर सकते। उनके मन का अंधकार अब छांटने लगा था। उन्होंने सोचा, 'अब वंश में रह ही कौन गया है? माता-पिता, भाई और राज्यश्री के पति के कुछ ही दिनों में गुजर जाने के बाद वंश की सारी जिम्मेदारी अब उन्हीं को उठानी है।'

हर्ष को अब अचानक से अपनी छोटी बहन राज्यश्री का ख्याल आया। उन्होंने अपनी पलकों को एक क्षण के लिए बंद कर राज्यश्री का ध्यान किया। उसका मोहक चेहरा उनके मन में आ बसा। पुष्यभूति वंश में अब वही एक प्यारी बहन बच गयी थी। लेकिन हर्ष को इस बात की कोई खबर नहीं थी कि राज्यश्री कहाँ और किस हाल में है। उन्होंने मन ही मन प्रण किया कि पृथ्वी के किसी भी कोने में यदि वह जीवित रह रही होगी तो वह उसे जरूर खोज निकालेंगे; दुश्मनों के सर को कलम करने की प्रतिज्ञा तो उन्होंने सभी जनों के सामने कर ही ली थी।

इस प्रकार के निश्चय को करने के बाद हर्षवर्द्धन आस्था मंडप उठ खड़े हुए। उनके उठते ही वहाँ उपस्थित सेनापति सिंहनाद, कुंतल, अन्य राजागण तथा सामंत भी उठ खड़े हुए। उन्होंने स्नान करने की इच्छा जताई और फिर सरस्वती नदी की तरफ निकल पड़े। साथ में कई पुरोहित, सामंत और नौकर-चाकर भी हो लिये। हर्ष ने स्नान के बाद सूर्य देव की अराधना की और फिर महल में आकार भोजन किया तथा अपने शयनकक्ष में जाकर वहाँ बिछे बिस्तर पर लेटकर अपने अंगों को ढीला करके वैसे ही पड़े रहने दिया। उन्हें नींद कब आयी कुछ पता ही नहीं चला। महल के बहार प्रहरी खड़े थे। किसी को भी हर्ष के कमरे में जाने की इजाजत नहीं थी। शाम हो गयी। आज महल में दीप नहीं जलाये गए।

थानेश्वर का यह सफ़ेद महल अंधकार में ही डूबा रहा। फिर रात हो गयी। हर्ष अपने कमरे से बाहर नहीं निकले।

हर्ष की जब नींद खुली तो सुबह हो चुकी थी। नींद खुलने के बाद उनके मन में जो बेचैनी सी थी वह थोड़ी कम हो गयी थी। उनका मन शांत था। उन्होंने अपने विश्राम गृह में ही अपनी आगे की रणनीति अपने मन में बना लिया था। अपने दरबार में जाने से पहले उन्होंने एक प्रहरी को अपने पास बुलाया। वह उनका खास व्यक्ति था जो महल की सुरक्षा में था। हर्ष ने उससे कहा,

'मुझे अभी ही राज्य के गज सेनापति स्कंदगुप्त से मिलना है। जैसे भी हो उन्हें दरबार में उपस्थित होने के लिए कहा जाए। यह कार्य तुम्हें स्वयं जाकर करना है। किसी अन्य प्रहरी को न भेजकर स्वयं तुम्हें ही गज सेनापति के पास जाना होगा।'

'जैसी आपकी आज्ञा राजन,' प्रहरी ने कहा और महल से बहार निकलकर तीव्र गति से उस मंदिर की ओर चल पड़ा जहाँ हर सवेरे गज सेनापति स्कंदगुप्त अपने प्रिय हाथियों के साथ रहता था। वह एक भारी भरकम व्यक्ति था जिसने थानेश्वर को लम्बे समय से अपनी सेवा दे रखी थी। उसकी चाल भी किसी कसी विशाल हाथी की तरह ही भारी थी। वह भारी क़दमों से चलता था। उसके होंठ कुछ ऊँचे उठकर आगे की तरफ लटके हुए थे। उसके केश लम्बे और घुंघराले थे जो सर के पीछे की तरफ लटके हुए रहते थे। उसकी मोटी गर्दन उसके काले घुंघराले बालों से पूरी तरह से ढंकी रहती थी। वह अपनी सबसे प्रिय हथनी की प्रतीक्षा कर रहा था तभी उसने दूर से ही महल के ख़ास प्रहरी को मंदिर की तरफ आते

देख लिया। प्रहरी ने करीब आकर गज सेनापति स्कंदगुप्त को प्रणाम किया और कहा,

' गज सेनापति की जय हो! महल से राजन का समाचार लेकर आया हूँ। आपको शीघ्र ही महल में उपस्थित होने का आदेश दिया गया है।'

जो घटनाएं हो रही थीं उनसे स्कंदगुप्त अनभिज्ञ नहीं था। उसने तुरंत ही सारे कार्य को रोककर महल की ओर प्रस्थान किया। उसने पैदल ही अपने भारी क़दमों से चलता हुआ महल में दरबार में प्रवेश किया। उसने देखा वहां बड़े सामंत, कुछ देशों के राजे तथा प्रधान सेनापति सिंहनाद पहले से ही उपस्थित थे। गज सेनापति स्कंदगुप्त ने जमीन पर अपने दोनों हाथों को रखकर हर्षवर्द्धन को प्रणाम किया और अपने आसन पर बैठ गया। दरबार पूरी तरह से गंभीर और शांत था। कोई भी एक शब्द अपनी इच्छा से बोलने की हिम्मत नहीं कर रहा था। दरबार में उपस्थित सभी लोगों ने गज सेनापति की तरफ देखा। फ़िर सिंहासन पर बैठे हर्षवर्द्धन की ओर नजरें घुमाईं। हर्ष शांत बैठे थे। ऐसा प्रतीत हो रहा था कि किसी गहन चिंतन में हों। उन्होंने गज सेनापति स्कंदगुप्त की ओर देखा और कहा,

'गजसाधनाधिकृत, हमने जो निश्चय किया है उसे आपने विस्तार से सुना होगा। क्या हमारी गज सेना किसी भी त्वरित आक्रमण के लिए तैयार है?'

'स्कंदगुप्त खड़ा हुआ और आदरपूर्वक हाथों को जोड़कर कहा, 'राजन, हमारी गज सेना आपकी आज्ञा की ही प्रतीक्षा आकर रही है। आपके त्वरित किए गए किसी भी निर्णय का पालन करना ही हमारा कर्तव्य है।'

हर्ष ने प्रधान सेनापति सिंहनाद की तरफ देखा। सिंहनाद ने गज सेनापति स्कंदगुप्त से कहा,'

'सेनापति, जो हाथी साम्राज्य के प्रचार -प्रसार के लिए दूर दराज इलाकों में भेजे गए हैं उन्हें भी अविलम्ब बुला लिए जाए?'

'समय से पहले ही उन गजों को वापस बुला लिया जाएगा,' स्कंदगुप्त ने प्रधान सेनापति से कहा।

फिर हर्ष ने प्रधान सेनापति सिंहनाद और गज सेनापति स्कंदगुप्त की तरफ देखते हुए कहा, 'गज सेना को अति शीघ्र स्कंधावार में लौटने की आज्ञा दी जाती है। अब कूच का समय आ चुका है। इसे अविलम्ब पूरा किया जाए।'

गज सेनापति स्कंदगुप्त स्वामी के आदेश का पालन करने हेतु उठ खड़ा हुआ और हर्ष को प्रणाम कर अपने भारी भरकम क़दमों से चलता हुआ दरबार से बाहर निकल गया। उसके चले जाने के बाद हर्ष ने अपने मंत्रियों की ओर देखा और कहा,

'मैं इस बात के लिए तनिक भी मन में संदेह नहीं रखना चाहता कि हमारी सेना का कन्नौज की तरफ कूच करने के बाद हमारी प्रजा के मन में किसी भी प्रकार की आशंका हो। उनकी सुरक्षा की जिम्मेदारी मैं आप सभी मंत्रियों पर तय कर के जा रहा हूँ। मेरा यह अभियान् लंबा चलेगा। इस बीच प्रजा को किसी भी तरह की परेशानी नहीं होनी चाहिए। इस बात को सुनिश्चित करना आप सबों की जिम्मेदारी है।'

मंत्रियों ने एक स्वर से प्रजा की सुरक्षा की जिम्मेदारी का वचन दिया। फिर हर्ष ने अश्व सेनापति कुंतल से कहा,

'कुंतल, अब तक की सबसे बड़ी अश्व सेना तैयार की जाए। तीरंदाजों से कहा जाए कि वे अगली पंक्ति में आएं। इस सैनिक अभियान में कोई भी कमी नहीं रहनी चाहिए। जो हमारे मित्र राजा गण हैं उन्हें भी इस अभियान में शामिल किया जाए। साम्राज्य की सीमाओं पर कड़ी चौकसी की जाए और राज्य तथा महल के अन्दर स्त्रियों की विशेष सुरक्षा की जाए।'

अश्व सेनापति कुंतल ने अपने आसन से उठते हुए कहा, 'राजन, आपका दिग्विजय हो! एक भी शत्रु राज्य आपकी तलवार से नहीं बच पायेगी। हम अब तक की सबसे बड़ी सेना आपकी सेवा में उपस्थित करेंगे। थानेश्वर की सुरक्षा को लेकर किसी भी प्रकार की आशंका नहीं है।'

हर्ष अब पूरी तरह से निश्चिन्त थे। वह सिंहासन से उठे और अपने महल की तरफ चल पड़े। दरबार अब खाली हो चुका था। कुछ ही समय में पूरी राजधानी एक सैनिक छावनी में बदल चुकी थी। फिर हर्ष अपने चुने हुए सैनिकों के साथ महल से बहार निकले और सरस्वती नदी के किनारे अपने बंगले में चले गए।

# 13

मालवराज देवगुप्त के युद्ध में मारे जाने के बाद जब गौढ़ नरेश शशांक ने धोखे से राज्यवर्द्धन की हत्या कर दी तब उसकी इच्छाएँ और भी प्रबल हो उठी थी। वह मगध की ओर बढ़ने की योजना बना रहा था, किन्तु यहाँ तो उसे कन्नौज और मालवा भी मुंह मांगे इनाम की तरह मिलता नजर आ रहा था। कन्नौज तो इन दो लड़ाइयों के बाद पूरी तरह से बर्बाद हो चुका था। कन्नौज का युवा राजा ग्रहवर्मा मारा जा चुका था। उसका पूरा साम्राज्य बिखर चुका था। उधर मालवा का अब कोई रखवाला ही नहीं रहा। देवगुप्त ने मालवा के वृद्ध राजा महासेन गुप्त से खुद सत्ता हथिया लिया था। किन्तु जब देवगुप्त भी राज्यवर्द्धन के हाथों मारा गया तब मालवा भी एक प्रकार से लाचार हो गया था। शशांक ने मालवा के राजा देवगुप्त के साथ जो गुप्त संधि की थी अब उसके आधार पर उसे मगध पर उसके द्वारा किए गये किसी भी अभियान में मालवा की ओर से कोई भी सैनिक सहायता नहीं मिलने वाली थी। अब उसे सब कुछ अकेले ही करना था।

तब शशांक के मन में कन्नौज और मालवा दोनों पर अपना आधिपत्य स्थापित करने की बात आयी। इस लड़ाई में उसकी कोई विशेष सैनिक क्षति भी नहीं हुई थी। उसने सोचा क्यों नहीं मालवा की बिखरी और बची

हुई सेना को साथ में रखकर सबसे पहले कन्नौज पर ही पूर्ण अधिकार कर लिया जाए, फिर वह मालवा की ओर बढ़ेगा। किन्तु उसे मालूम था कि कन्नौज की महारानी राज्यश्री अभी भी ज़िंदा थी जिसे देवगुप्त ने कारागार में डाल रखा था। उसने तुरंत अपने सैनिकों को कन्नौज के महल में प्रवेश करा दिया। उसने आदेश दिया कि हर कीमत पर राज्यश्री की खोज की जाए। वह राज्यश्री को एक माध्यम बना कर थानेश्वर पर कभी भी दबाव बना सकता था। उसे लग रहा था कि थानेश्वर के प्रतापी राजा राजाधिराज प्रभाकरवर्द्धन और उनके बड़े पुत्र राज्यवर्द्धन के गुजर जाने के बाद थानेश्वर भी अब कमजोर हो चुका होगा। किन्तु उसने हर्षवर्द्धन की शक्ति का गलत अनुमान लगाया। उसे यह भी नहीं पता था कि हर्षवर्द्धन ने उसके समूल को नष्ट करने की प्रतिज्ञा की है और एक विशाल सेना के साथ कन्नौज की तरफ कूच भी कर चुका है।

गौढ़ नरेश शशांक ने अपने सेनापति प्रवीर सेन से कहा, 'कानकुब्ज के पूरे महल की घेराबंदी कर हर हाल में महारानी राज्यश्री की खोज की जाए। उसे गौढ़ ले जाकर हमें थानेश्वर को भी अपने पैरो के नीचे लाना है।'

'नरेश, आपकी आज्ञा का पालन किया जाएगा। वैसा ही होगा जैसा कि आपकी इच्छा है। राज्यश्री शीघ्र ही आपके शरण में ला दी जाएगी,' इतना कहते हुए सेनापति ने सैकड़ों सैनिकों को महल के अन्दर प्रवेश करा दिया और राजधानी की घेराबंदी कर दी गयी।

गौढ़ के सैनिक महल के अन्दर दासियों और सेविकाओं को परेशान करने लगे। जिन्होंने भी राज्यश्री की जानकारी देने से मना किया उनकी हत्या कर गयी। नगर में भी लोगों पर जुल्म ढाए गए। नगर के लोगों को

महल के अन्दर के कारागार की कोई जानकारी नहीं थी। नगर में गुप्तचरों का पता लगाकर उनसे कारागार और राज्यश्री के बारे में पूछताछ की गयी। कोई भी व्यक्ति शशांक की सेना के अधिकारियों की सहायता करने को तैयार नहीं था। फिर सैनिकों ने नगर के अन्दर भी हत्याएं करनी शुरू की। फिर भी उन्हें कोई कामयाबी नहीं मिली।

अपने सैनिकों की असफलता से नाराज सेनापति प्रवीर सेन ने अब स्वयं महल के अन्दर कारागार की खोज शुरू की। उसने चप्पा-चप्पा खोजा किन्तु राज्यश्री का कहीं पता नहीं चल रहा था। सुबह से शाम हो चुकी थी और प्रवीर सेन अब भी महल के अंदर भटक रहा था। कोई भी ऐसा नहीं था जो दीपों को प्रज्वलित कर महल के अन्दर रौशनी कर दे। वह अँधेरे में तीर मर रहा था। उसने एक बड़े से कमरे में प्रवेश किया। उसे लगा यह तो अन्तःपुर है। उसने अनुमान लगाया कि यह कमरा जरूर महारानी राज्यश्री का ही होगा। कमरे का दरवाजा खुला हुआ था। दरवाजे और कमरे के अन्दर खून फैले हुए थे। प्रवीर सेन ने अपनी आँखों को अँधेरे में ही अभ्यस्त करने की कोशिश की। उसकी आंखें जब अँधेरे से थोड़ी अभ्यस्त हुई तो उसने देखा कि महल के अंदर कई लाशें पड़ी हुई थीं। इनमें कुछ सेविकाएँ थी जिनकी हाथों में अब भी नुकीले कटार थे। उसने धीरे से कमरे के अन्दर प्रवेश किया। उसने अनुमान लगाया कि यहाँ पर कुछ ही समय पहले अच्छी खासी लड़ाई हुई थी। जमीन पर पड़ी हुई स्त्रियों के बीच उसने देखा कि एक मजबूत कद काठी का पुरुष भी गिरा पड़ा है। जब वह उसके नजदीक गया को उसे उस पुरुष की हल्की सी कराहने की आवाज सुनाई दी। प्रवीर सेन सचेत हो उठा। उसने अपनी तलवार निकाली और उसकी नोक से ही उस व्यक्ति को पलटने की

कोशिश की। तभी पीछे से गौढ़ के एक सैनिक ने मशाल लिए हुए दरवाजे के अन्दर प्रवेश किया।

अब सब कुछ साफ़ दिख रहा था। गौढ़ सेनापति प्रवीर सेन की नजर एक चित्र पर गयी जिसे उसने तुरंत पहचान लिया। यह अधूरा चित्र ग्रहवर्मा का था। इस चित्र को युद्ध के शुरू होने के ठीक पहले राज्यश्री अपने हाथों से बना रही थी, जो अब कभी भी पूरी नहीं हो सकती थी। कमरे के अन्य वस्तुओं पर नजर दौड़ाने के बाद प्रवीर सेन इस निष्कर्ष पर पहुंचा कि निश्चित रूप से यह महारानी राज्यश्री का अन्तःपुर था जहाँ एक संघर्ष में उसकी सेविकाएँ मारी गयी थीं। उसी कमरे में पड़े एक पुरुष सैनिक के वस्त्र से उसने पहचाना कि वह मालवा का कोई सैनिक था। फिर उसे तुरंत एहसास हुआ कि वह सैनिक जो जमीन पर गिरा पड़ा है उसने तो अभी कराहा था। उसके कराहने की आवाज सेनापति प्रवीर सेन ने अपने कानों से सुनी थी। उसने झट अपने सैनिक से मशाल ले ली और जमीन पर पड़े मालवा के सैनिक के चेहरे के करीब रौशनी की। उसने देखा कि एक बड़ा सा कटार उसके पेट के अन्दर तक घुसा हुआ था। उसने अपने एक सैनिक से कहा,

'इसे तुरंत होश में लाओ। यह अभी भी ज़िंदा है। कहीं से भी जल खोज कर लाओ। इसके पेट से कटार को बहार निकालो'

कमरे के अन्दर गौढ़ के जो भी सैनिक अपने सेनापति के साथ थे सभी ने अँधेरे में ही इधर-उधर दौड़ना शुरू किया। पानी का एक पात्र राज्यश्री के कमरे में ही उलटा पड़ा था। एक सैनिक ने उसमें झांक कर देखा और कहा,

'सेनापति, अभी भी इस पात्र में पानी के कुछ अंश पड़े हैं। किन्तु इसे निकालने के लिए कोई भी छोटा पात्र नजर नहीं आ रहा।'

प्रवीर सेन ने तुरंत उस सैनिक से कहा, 'किसी भी छोटे पात्र को खोजने की आवश्यकता नहीं, सीधा उसी बड़े पात्र को इस सैनिक से मुंह के पास लाओ और इसे जल पिलाओ।'

वह सैनिक जब जल के उस बर्तन को ला रहा था उससे पहले ही एक दूसरे सैनिक ने मालवा के सैनिक के पेट में घुसे कटार को खींचकर बाहर निकाल दिया था। खून की हल्की सी धार अब भी निकल रही थी। उसे पानी पिलाया गया और कुछ कोशिशों के बाद वह होश में आया। प्रवीर सेन उसके करीब बैठ गया और धीरे से पूछा,

'सैनिक, यह बताओ कि इस महल की महारानी राज्यश्री को तुमने देखा है?'

मालवा के उस घायल सैनिक ने अपनी बंद आँखों को धीरे से खोलने की कोशिश की। उसने एक नजर गौढ़ के सेनापति की ओर देखा और फिर उसने अपनी आँखें बंद कर ली। सेनापति ने उसे हलके से झकझोरते हुए कहा,

'कुछ क्षण के लिए अपने प्राणों को बचा कर रखो सैनिक। गौढ़ का तुमपर बड़ा भला होगा। मैं गौढ़ का सेनापति प्रवीर सेन हूँ। मुझे बताओ कि महारानी राज्यश्री को कहाँ बंदी बना कर रखा गया है। तुम्हारे राजा जिन्होंने राज्यश्री को बंदी बनाया था अब वह स्वर्ग को सिधार चुके हैं।'

उस घायल सैनिक ने एक बार फिर अपनी आँखें खोली। सेनापति ने मशाल की पीली रौशनी में देखा। उसकी आँखों से आंसू बह रहे थे। अब

वह कुछ बोलना चाहता था। सेनापति ने अपनी कान को उसके मुंह के करीब लाया। घायल सैनिक ने फुसफुसाते हुए कहा,

'महल के पश्चिम में एक तहखाना है। वह पीपल के विशाल पेड़ से ढंका हुआ है। वहां हमारे सैनिक देवी राज्यश्री की निगरानी कर रहे हैं। वह वहीं पर बंदी हैं,' इतना कहकर उस सैनिक ने अपनी आँखें फिर बंद कर ली। सेनापति ने अपनी उँगलियों से उसकी गर्दन को छू कर देखा। उसकी सांसें अब बंद हो चुकी थीं।

राज्यश्री के अन्तःपुर के बाहर इधर-उधर पड़े हुए मशालों को एकत्र कर उसे जला दिया गया। उसकी रौशनी में सेनापति तेजी से महल की पश्चिमी दिशा की ओर भागा। वह जब तहखाने के पास पहुंचा उसे कोई भी रास्ता नजर नहीं आ रहा था। तहखाना चारों तरफ से विशाल पीपल के वृक्ष के घिरा था। फिर उसने पीपल की जड़ पर नजर दौड़ाई। गौर से देखा तो रास्ता उसकी जड़ से ही होकर जाता था। उसने तहखाने के अन्दर प्रवेश किया। वहाँ सीलन भरे कमरे में कुछ भी नहीं था; सिर्फ उन जंजीरों के सिवा जिसे राज्यश्री कब का काट कर निकल चुकी थी। प्रवीर सेन की जिन्दगी की यह सबसे बड़ी असफलता थी। उसके पास अब कोई उपाय नहीं था। अब वह थके पैरो से वापस गौढ़ नरेश शशांक के पास आया।

'कहो सेनापति, कुछ सफलता मिली अथवा नहीं,' शशांक ने प्रवीर सेन के चेहरे पर असफलता की उदासी को देखते हुए पूछा।

'पूरा महल छान मारा, किन्तु देवी राज्यश्री का कहीं भी पता नहीं चला। ऐसा प्रतीत होता है कि कारागार से कन्नौज के सैनिकों ने उन्हें निकालने में सफलता हासिल की और वह स्वतंत्र हो गयी। महल के अन्दर

बहुत सारे लोगों के शव मिले जिनमें स्त्रियाँ भी थीं। ऐसा लगता है कि राज्यश्री को कारागार से मुक्त करते समय महल के अन्दर भी लड़ाई हुई। मालवा के कुछ प्रहरी भी मृत पाए गए,' सेनापति ने जवाब दिया।

'यह अनुमान लगाना कठिन है कि राज्यश्री किसे दिशा में गयी होगी। क्या मैं अब अपने साम्राज्य से इतनी दूर आकर कन्नौज पर अधिकार कर बैठा रहूंगा? नहीं, हमें इस नगर को खाली कर वापस गौढ़ की तरफ प्रस्थान करना चाहिए। सेनापति, तुम्हारी इस असफलता से हमारा आगे का मार्ग अवरुद्ध होता प्रतीत हो रहा है,' शशांक ने कुछ नाराजगी प्रकट करते हुए कहा।

जब ये सारी बातें हो रही थीं तभी गौढ़ के एक गुप्तचर ने आकर शशांक को सूचना दी, 'महासामंत गौढ़ नरेश की जय हो! आपकी कीर्ति अब चारों ओर फ़ैल चुकी है। किन्तु सूचना यह है कि अपने भाई की मृत्यु से बौखलाया हर्षवर्द्धन ने एक विशाल सेना के साथ कन्नौज की ओर प्रस्थान किया है।'

'यह तो कोई अच्छी सूचना नहीं है गुप्तचर। और क्या समाचार लाए हो?' शशांक ने चिंतित होकर पूछा।

'एक बड़ी सूचना यह भी है गौढ़-अधिपति कि आपके प्रबल शत्रु कामरूप के राजा भाष्कर वर्मन ने थानेश्वर के राजा हर्षवर्द्धन से संधि कर ली है। आप तो जानते हैं कि आर्यावर्त के पूर्वी क्षेत्र में कामरूप अपनी शक्ति को बढ़ाकर आपके विरुद्ध षड्यंत्र रच रहा है। जब कन्नौज में ऐसी घटनाएं हो रही थीं और हर्षवर्द्धन ने अपने अग्रज भ्राता राज्यवर्द्धन के मारे जाने की बात सुनी तथा अपनी सेना को आपके विरुद्ध तैयार किया तभी

अवसर देख कामरूप राजा ने थानेश्वर से एक गुप्त संधि कर ली,' गुप्तचर ने कहा।

शशांक ने अब अपने सेनापति की ओर देखा और कहा, 'अब सबसे पहले गौढ़ की सुरक्षा जरूरी है। गुप्तचर की सूचना से ऐसा प्रतीत होता है कि भविष्य में शीघ्र ही हमें कामरूप तथा थानेश्वर दोनों की सम्मिलित शक्तियों का सामना करना पड़ेगा। इस क्षेत्र के हमारे परम मित्र मालवराज देवगुप्त भी नहीं रहे। कन्नौज और मालवा को सँभालने में कहीं हमारी स्वयं की ही क्षति न हो जाए।'

'आपने सही सोचा है। कदाचित कन्नौज को अब अपने भाग्य पर छोड़ देना की उचित होगा। इस युद्ध में हमारी भी कम क्षति नहीं हुई है। अभी फिलहाल हमें न तो गौढ़ से और ना ही मालवा से सैनिक समर्थन मिलने की आशा है। हम सब शत्रुओं के राज्य में हैं और एक बड़ी सेना का सामना करना हमें थोड़ा कठिन प्रतीत होता है,' सेनापति प्रवीर सेन ने अपनी सलाह दी।

गौढ़ नरेश शशांक थोड़ी देर मौन रहा। उसने आगे आने वाली संभावनाओं का आकलन किया। फिर वह गुप्तचर की तरफ मुड़ा। उसने पूछा, 'गुप्तचर, क्या तुम बता सकते हो को हर्षवर्द्धन ने इस समय कितनी बड़ी सेना के साथ कन्नौज की तरफ प्रस्थान किया है।'

'शत्रु सेना विशाल है। सुना है कि हर्षवर्द्धन अपने साथ पचास हजार अश्व और बीस हजार गज सैनिकों के साथ आगे बढ़ रहे हैं। साथ में थानेश्वर के तीरंदाज और पैदल सेना के समूह भी है। जानकारी प्राप्त हुई है कि उत्तर भारत के कई छोटे राजाओं ने भी हर्ष की सेना को समर्थन दे रखा है,' गुप्तचर ने स्थिति को साफ़ किया।

अब गौड़ नरेश के पसीने निकलने लगे। उन्होंने अपने सेनापति की ओर देखा। प्रवीर सेन ने कहा, 'गौढ़ अधिपति की जय हो! आपका साम्राज्य आगे बढ़े इसके लिए आपकी सेना सदैव तैयार रहती है। किन्तु यह उचित समय नहीं प्रतीत होता। शत्रु विशाल है और घायल मन से आगे बढ़ रहा है। अब निर्णय आपके हाथों है।'

'गौढ़ की ओर प्रस्थान करो। हम अपनी सीमाओं में शत्रुओं का सामना करेंगे। हम दोनों ही शत्रुओं से एक साथ युद्ध कर सकते हैं जिसके लिए हमें एक बार फिर से तैयारी करनी होगी। कन्नौज को अब अपने भाग्य पर ही छोड़ दो। अब कन्नौज में हमारे लिए कुछ भी नहीं रहा, शशांक ने निर्णय सुनाया।

अब कन्नौज का कोई भी रखवाला नहीं था। पूरा राज्य छिन्न -भिन्न हो चुका था। कन्नौज के सामंत, मंत्रीगण, व्यापारी, किसान और आम जन सभी एक देवदूत की प्रतीक्षा कर रहे थे जो एक बार फिर से कन्नौज को खड़ा कर सके। राज्यश्री का कहीं भी अता-पता नहीं था। कन्नौज में ऐसा कोई भी नहीं बचा था जो आगे बढ़कर राज्यश्री की खोज करता। युद्ध में हुई व्यापक क्षति और गौढ़ नरेश शशांक के वापस लौट जाने के बीच कन्नौज को फिर से खड़े होने की शक्ति ही नहीं रह गयी थी। किन्तु जैसे ही वहाँ के नागरिक को पता चला कि हर्षवर्द्धन एक विशाल सेना के साथ कन्नौज की तरफ बढ़ा चला आ रहा है उन्होंने हर्ष के स्वागत में पलकें बिछानी शुरू कीं।

# 14

सरस्वती नदी का किनारा। सुबह का समय था। हर्षवर्द्धन की विशाल सेना खड़ी थी। अश्व सेना और गज सेना दो अलग-अलग दिशाओं में थी। हजारों घोड़ों की जांच खुद उसके सेनापति कुंतल कर रहे थे। सभी को सुन्दर से सजा दिया गया था। घुड़सवार सेना के पास लम्बी-लम्बी तलवारें थीं और साथ ही बड़े-बड़े भाले भी। सैकड़ों हाथियों की पीठ पर बड़े-बड़े हौदे बने हुए थे जिसमें हर तरह के हथियार रखे गए थे। उन हाथियों के महावत देखने में ही भयंकर लगते थे। सभी ने सफ़ेद पगड़ी पहन रखी थी। तैयार करने से पहले इन हाथियों को नदी में स्नान भी करा दिया गया था। एक अलग छावनी में तीरंदाज अपने तीर-कमान को हिफाजत से रख रहे थे। उन्होंने धनुष पर प्रत्यंचा चढ़ा रखी थी और नुकीले वाणों को तरकश में भर लिया था। उनकी कमर पर भी बड़ी सी तलवार लटक रही थी। धनुर्धारियों से थोड़ी दूर पर पैदल सैनिकों का जमावड़ा था जो हजारों की संख्या में थे। वे सब तलवार, कटार और लम्बे-लम्बे भाले से सुसज्जित थे। कुछ सैनिक अपने अभ्यास में जुटे थे। सैकड़ों बैलगाड़ियों में खाने-पीने के सामान ढो कर लाये जा रहे थे। सरस्वती नदी के किनारे पर कई स्थानों को अस्थायी भोजनालय बना दिया गया था जहाँ सैनिकों के लिए

स्वादिष्ट भोजन तैयार किए जा रहे थे। घोड़ों के हिनहिनाने और तलवारों की खनक की आवाज से नदी का किनारा गूंज रहा था।

सरस्वती नदी के किनारे एक छोटा सा बंगला भी बना था जिसमें हर्षवर्द्धन ठहरे हुए थे। उन्होंने सबसे पहले नदी में स्नान कर अपने आराध्य देव सूर्य की उपासना की। राज पुरोहितों ने वेद मंत्रों का जाप कर हर्ष के विजयी होने का आशीर्वाद दिया। धीरे-धीरे समय बीतता जा रहा था। हर्ष ने स्वयं जाकर सैनिकों के सभी खेमे का निरीक्षण किया। उनके साथ प्रधान सेनापति सिंहनाद भी थे। गज सेनापति स्कंदगुप्त अपने शिविर में सभी हाथियों की तैयारियों का जायजा ले रहे थे। सैनिक निरीक्षण की सारी प्रक्रिया को देखते-देखते शाम हो गयी। यह एक विशाल सेना थी जिसमें कई देशों के छोटे राजाओं के अलावा थानेश्वर के सामंत भी उपस्थित हुए थे। हर्ष ने सिंहनाद से पूछा,

'प्रधान सेनापति सिंहनाद, आपने स्वयं इस अभियान की तैयारियों का निरीक्षण किया। क्या आपको लगता है कि कुछ और भी तैयारियां करनी बाकी है?'

सिंहनाद ने उत्तर दिया, 'राजन, पूरी धरती पर इस सेना का समाना करने की क्षमता किसी में भी नहीं है। शत्रु के दिल तो आपकी सेना की एक हुंकार को ही सुनकर दहल जायेंगे।'

'तो फिर कूच का आदेश कब दिया जाएगा?' हर्ष ने सवाल किया।

'रात्रि का तीसरा पहर सबसे उत्तम होगा राजन,' सिंहनाद ने कहा। सेनापति ने एक नजर अपने सैनिक शिविर की तरफ देखा और फिर कहा, 'सेना एक दिन में आठ कोस की दूरी तय करेगी।'

'यही उत्तम रहेगा,' इतना कहते हुए हर्षवर्द्धन सरस्वती नदी के किनारे बने अपने बंगले में चले गए। वहाँ उनके लिए सारी तैयारियां पूरी कर दी गयी थी। सफ़ेद वस्त्रों के बीच उनके सुनहरे रंग का कवच, उनकी तलवारें, तीर-धनुष, कटार तथा भाले को सुन्दर से सजाकर एक मेज पर रखा गया था। बंगले के बाहर सैनिकों का कड़ा पहरा था। हर्ष अपने कमरे में गए और थोड़ी देर के लिए बिस्तर पर लेट गये। उन्होंने अपनी आंखें बंद कर ली। उन्होंने अपने दाहिने हाथ की हथेली को उलटकर अपने सर के ऊपर रखा और बीते हुए कल के बारे में सोचने लगे। उनकी आँखों के सामने माता यशोवती का सती होना, पिता प्रभाकरवर्द्धन का स्वर्गवास होना, अग्रज भ्राता राज्यवर्द्धन की असमय मृत्यु, राज्यश्री के पति ग्रहवर्मा का मारा जाना और छोटी बहन राज्यश्री का अचानक से लापता हो जाना जैसी दुखद घटनाएं सब एक साथ घूमने लगी। उन्होंने अपने विशाल हृदय में इन घटनाओं को गहराई तक जाने दिया। वह इनमें से किसी भी एक घटना को अपने से दूर नहीं करना चाहते थे। ये घटनाएं किसी बुरी आत्मा से कम नहीं थीं, किन्तु वे हर्ष को अन्दर से और भी मजबूत कर रही थी। पिता ने अपनी अंतिम साँस लेते वक्त हर्ष से जो कहा था कि सारी पृथ्वी उसकी है; उसपर राज करो- वही उनके लिए आशीर्वाद के रूप में फलित हो रहा था। आज वह समय आ गया था कि वह थानेश्वर की उस विशाल सेना का नेतृत्व करें जिसे उनके पिता और उनके भी पूर्वजों ने कई युद्धों में हजारों लोगों की बलि देकर तैयार किया था।

कुछ आहट सुनकर हर्ष चौकन्ने हो उठे। उन्होंने धीरे से अपनी पलकों को खोला। एक प्रहरी को देखा। उसने दरवाजे पर आकर सूचना दी, 'सेनापति सिंहनाद द्वार पर खड़े हैं और मिलने की इच्छा रखते हैं।'

हर्ष उठ खड़े हुए। उन्होंने हाथ के इशारे से सेनापति को कमरे में आने की आज्ञा दी। सेनापति सिंहनाद का विशाल शरीर कवच से बंधा हुआ था और कमर में एक बड़ी सी तलवार लटक रही थी। लम्बी सफ़ेद दाढ़ी, झबरीले सफ़ेद मूंछ और पीछे की ओर सजाये गए लम्बे केश के मध्य उसका मजबूत चेहरा सिंह की भांति प्रतीत हो रहा था। उसने अपने मुकुट को बाएं हाथ के ऊपर अपनी बांह के पास रखा था। वह शेर की तरह चलते हुए हर्ष के कमरे में आया और झुककर प्रणाम करते हुए कहा,

'राजन, तीसरा पहर आने को ही है। आपकी तैयारी पूरी हो चुकी है। मैंने आपके मुख्य सैनिकों को निर्देश दिया है कि वे आपको कवच और अस्त्र-शस्त्र से सुसज्जित कर दें।'

'उन्हें कमरे के अन्दर ही भेज दीजिये सेनापति,' हर्ष ने कहा।

सेनापति सिंहनाद ने अपने हाथों से ताली बजायी और लगभग एक दर्जन सैनिक जिनकी कद काठी विशाल थी और देखने में ही भयंकर से प्रतीत हो रहे थे ने हर्षवर्द्धन को अस्त्र-शस्त्र से सुसज्जित करना शुरू किया। जब पूरी तैयारी हो गयी तब वे सैनिक कमरे से बाहर निकल गये। सिंहनाद ने कहा,

'राजन, मैंने आपके पिता राजाधिराज प्रभाकरवर्द्धन के साथ अनेक युद्धों में थानेश्वर की सेना का नेतृत्व किया और कोई भी लड़ाई में पराजय थानेश्वर की सेना के सामने फटक भी नहीं पाई। आज मेरा सौभाग्य देखिए कि आप जैसे प्रतापी रजा के नेतृत्व में भी मुझे शत्रुओं पर हुंकार भरने का अवसर मिला है। मैं तो धन्य हुआ राजन!'

तब हर्ष ने अपनी आँखों में हल्की सी आंसुओं को लाकर कहा, 'सेनापति सिंहनाद, आप मेरे पिता सामान हैं। आपकी छत्रछाया में हमारा यह पहला अभियान सफल रहेगा और शत्रु जीवन की भीख मांगेंगे ऐसा हमें विश्वास है।

'चिरंजीवी भवः राजन! विजयी भवः! यह हमारा आशीर्वाद है,' सिंहनाद ने हर्ष के सर पर हाथ रखते हुए कहा।

अभी सिंहनाद ने हर्ष के सर से अपना हाथ हटाया भी नहीं था कि जोर से नगाड़े की ध्वनि सुनायी पड़ने लगी। फिर कुछ ठहर कर डंके को आठ बार बजाया गया। इसका अर्थ था कि हर्ष की इस विशाल सेना का अगला पड़ाव आठ कोस की दूरी पर किया जाएगा।

सेनापति सिंहनाद ने कहा, 'अब आज्ञा दीजिये राजन। रात का तीसरा पहर समाप्त हो चुका है। कूच का समय हो चुका है।'

हर्ष ने मुस्कराते हुए सेनापति की तरफ देखा और कहा, 'मैं भी तैयार हूँ। आज्ञा है कूच करने की।'

फिर बाहर डंके की आवाज सुनायी पड़ने लगी। घोड़े हिनहिनाने लगे। सैनिकों के पैरो की आवाज से धरती कांप उठी। हजारों मशाल जला दिए गए थे जो रात्रि के तीसरे पहर को उजाले में बदलकर अब तक की इस विशाल सेना का मार्गदर्शन कर रहे थे। डंके की आवाज को सुन सैनिक पटह, नान्दिक, गुंजा, काहल और शंख जैसे युद्ध यंत्रों को बजने लगे। इन आवाजों के जो ध्वनि उत्पन्न हो रही थी उससे इस तीसरे पहर की रात्रि में सरस्वती नदी के शांत जल में लहरें उठने लगीं। हर्ष बाहर निकले। देखा, दरवाजे के पास ही गज सेनापति स्कंदगुप्त अपनी विशाल हाथी के साथ खड़ा था। हर्ष उसपर सवार हो गए। हाथी मस्त चाल से

चलता हुआ उस शिविर तक पहुंचा जहाँ हजारों हाथी सुसज्जित हो कूच के प्रतीक्षा में खड़े थे। सेनापति सिंहनाद ने एक लंबा सा शंख ध्वनि निकाला और गर्जं सेना भी आगे की ओर बढ़ चली।

आठ कोस के सफ़र के बाद एक खुले मैदान में सैनिकों का पड़ाव डाला गया। तबतक दिन निकल आया था। सैनिक अस्थायी शिविरों की तैयारी करने लगे। हर्ष के लिए एक बड़ा सा सफ़ेद कपड़े का शिविर बनाया गया जिसके ऊपर सुर्ख लाल झंडे फहरा रहे थे। सैनिकों के सभी शिविरों में इसी तरह के झंडे लगे थे। इसी तरह सेना कन्नौज की ओर आगे बढ़ती चली गयी।

दिन का समय था। हर्ष शिविर के बाहर ही आराम कर रहे थे कि एक लेखहारक ने आकर कहा,

'राजन, राज्यवर्द्धन की सेना ने मालवराज की जिस सेना को जीत लिया था उस सब को एक साथ लेकर भंडी आ रहे हैं।'

इस समाचार ने हर्ष को एक बार फिर से अपने भाई के शोक में डाल दिया। उन्होंने दूर नजर उठा कर देखा, भंडी अकेले ही घोड़े पर सवार होकर आ रहा था। वह करीब आने के पहले ही अपने घोड़े से उतरा और दहाड़ मारकर रोता हुआ हर्ष के पास आकर उनके पैरो पर गिर पड़ा। हर्ष ने उसे उठाया और अपने भाई की मृत्यु का वृतांत सुनाने को कहा।

भंडी का स्थान दरबार में सभी मंत्रियों से ऊपर था। भंडी की आँखों से आंसुओं की धार रुक ही नहीं रहे थे। उसने भरे गले से कहना शुरू किया,

' देव! युवराज राज्यवर्द्धन ने मालवा के समूल को नष्ट करने की ठान ली थी। कान्कुब्ज के महाराज ग्रहवर्मा की हत्या के बाद दुष्ट देवगुप्त

युवराज राज्यवर्द्धन की तलवार के सामने एक क्षण भी टिक न पाया। उसे युद्ध भूमि में ही धराशायी कर दिया गया। इसके बाद उस सेना पर भी अधिकार कर लिया गया जिन्होंने मृत्यु के भय से थानेश्वर कुमार के समक्ष आत्मसमर्पण कर दिया था।'

'और आगे कहो भंडी,' हर्ष ने गम्भीर स्वर में पूछा। उनकी आँखों में कुछ क्षण के लिए आंसू उभरे किन्तु उन्होंने प्रकट नहीं होने दिया। वह अपने अग्रज के नाम को सुनकर भी अब विचलित हो जाते थे।

भंडी ने फिर कहना शुरू किया, 'देव! मुझे आदेश दिया गया था कि मालवा की बची हुई सेना जिन्होंने थानेश्वर के समक्ष आत्मसमर्पण कर दिया था उन्हें आप तक लाया जाए। अब मालवा का कोई रखवाला नहीं रहा। मालवा राजा विहीन हो गया है और अब उसपर देव का अधिकार है। ये सेनाएं अब थानेश्वर के नेतृत्व में कार्य करेंगी।'

भंडी के वृत्तांत को सुनने के बाद हर्षवर्द्धन गहरी सोच में डूब गए। अब उनके सामने उनके कुल के सबसे नजदीकी जीवित प्राणी में एक राज्यश्री ही बची हुई थी। उनके मन मस्तिष्क में राज्यश्री का वह रूप उभरा जिसे उसकी शादी के बाद उसे विदा किया गया था। तब पूरे थानेश्वर में खुशियाँ मनाई गयी थीं। महल के द्वार सभी नागरिकों के लिए खोल दिए गए थे। किन्तु भाग्य ने एक वर्ष के अन्दर ही इतनी बड़ी-बड़ी घटनाएँ हर्ष के सामने ला खड़ा किया जिसका सामना उस सोलह साल के युवक को अब करना था जो थानेश्वर का राजा बन चुका था।

भंडी के जवाब से हर्ष का मन और भी दुखित होता जा रहा था। उन्होंने राज्यश्री के बारे में फिर सोचना शुरू किया। उन्होंने भंडी की ओर देखा और पूछा,

'यह बताओ कि बहन राज्यश्री की क्या गत हुई?'

भंडी ने कहा, 'देव! युवराज राज्यवर्द्धन के स्वर्ग चले जाने के बाद जब देवगुप्त ने कान्कुब्ज पर अधिकार कर लिया, तब देवी राज्यश्री भी पकड़ी गयी। उसे महल के कारागार में दाल दिया गया था, किन्तु वह एक कुलपुत्र और अपनी कुछ दासियों के सहयोग से कारागार से बच निकली।'

अब हर्ष के सीने में ज्वाला भड़कने लगी। एक अनचाहे समाचार को सुनने के लिए वे व्यग्र हो उठे। उन्होंने फिर पूछा,

'भंडी, यह बताओ कि जब कारागार से मेरी प्रिय बहन राज्यश्री निकली तो वह किस दिशा में गयी और क्या वह आज भी सुरक्षित है?'

'देव! मैंने सुना है कि वह विंध्याटवी (विंध्याचल के जंगल) के जंगल में चली गयी।' इतना कहकर भंडी फिर से रोने लगा।

हर्ष ने उसे देखते हुए कहा, 'स्वयं पर धीरज बांधो भंडी। यह जीवन का सबसे कठिन समय है। यह बताओ कि जब राज्यश्री ने विंध्याटवी में शरण लिया तो फिर क्या हुआ? क्या किसी ने उसे देखा है?'

भंडी ने कहा, 'देव! उसे ढूंढने ने लिए बहुत सारे आदमी भेजे गए हैं, पर अभी तक कोई लौटकर आया नहीं है।'

अब हर्ष और भी उत्तेजित हो उठे। वह क्रोध से उठ खड़े हुए। उनका दाहिना हाथ अचानक से कमर में लटकी तलवार की मूठ पर जा पहुंचा। उन्होंने जोर से अपनी तलवार की मूठ को पकड़ते हुए एक स्वाभाविक उत्तेजना में कहा,

'औरों के ढूंढने से क्या? जहाँ भी वह हो, मैं स्वयं सब काम को त्याग कर जाऊंगा। तुम सेना लेकर गौढ़ अधिपति पर चढ़ाई करो। कन्नौज से उसे बचकर नहीं जाने देना। मैं स्वयं अपनी बहंन की खोज करूंगा।'

हर्ष ने पास खड़े प्रधान सेनापति सिंहनाद, गज सेनापति स्कंदगुप्त, अश्व सेनापति कुंतल और भंडी से कहा, 'हमारी जितनी भी सेना तुम्हें चाहिए सब ले जाओ और उस दुष्ट गौढ़ अधिपति को ऐसी सजा दो कि उसके कुल में कोई रोने वाला न रहे। कोई भी राजा फिर ऐसी हिम्मत न कर सके। मुझे स्वयं अब अपनी प्रिय बहन राज्यश्री को ढूंढना है।'

इतना कहकर हर्षवर्द्धन उठकर स्नान भूमि में चले गए। हर्ष के कहने पर भंडी ने अपने केशों को कटवा दिया। फिर वह प्रतिहार भवन पहुंचा जहाँ उसने स्नान किया। हर्ष ने भंडी के लिए नए वस्त्र, पुष्प, अंगराज और अलंकार भेजकर उसका स्वागत किया और साथ ही उसे अपने साथ भोजन पर आमंत्रित किया।

हर्ष की विशाल सेना को कन्नौज की तरफ आता देख ही गौढ़ नरेश शशांक ने युद्ध को टालने का फैसला कर लिया था। वह हर्ष की सेना से नहीं लड़ सकता था। मृत्यु के भय से शशांक ने वापस गौढ़ लौटने का फैसला किया। जबतक हर्ष की सेना कन्नौज पहुंचती शशांक ने कन्नौज को खाली कर दिया था। अब कन्नौज स्वतंत्र था। वहां के सामंत, मंत्रियों और नागरिकों ने हर्ष की सेना का स्वागत किया। अब वे पलकें बिछाए देवी राज्यश्री और हर्षवर्द्धन के आने का इंतजार करने लगे थे। उन्हें मालूम हो गया था कि देवी राज्यश्री कारागार से निकल चुकी थी। किन्तु कहाँ थी यह कन्नौज को पता नहीं था।

# 15

(कन्नौज के कारागार से सफलता पूर्वक निकल जाने के बाद राज्यश्री का जीवन कैसा रहा इस बात की चिंतन कन्नौज के अलावा थानेश्वर भी कर रहा था। हर्षवर्द्धन हर हाल में अपनी छोटी बहन राज्यश्री को सुरक्षित वापस लाना चाहते थे। राज्यश्री कारगर से निकल कर विंध्याटवी चली गयी थी जो एक विशाल जंगल था। हर्षवर्द्धन के दरबार में रहे कवि वाणभट्ट ने राज्यश्री के विंध्याटवी चले जाने की विस्तृत चर्चा अपनी पुस्तक 'हर्षचरित' में की है।)

प्राचीन भारत में विंध्याटवी एक विशाल वन प्रदेश था। उसके आरम्भ में एक गाँव था जिसे वानगाँव कहा जाता था। इन गाँव को जंगल की सफाई कर के बसाया गया था। जब हर्षवर्द्धन राज्यश्री को खोजने निकले तो उन्होंने भी इस गाँव में अपना पड़ाव डाला था। वनगांव को एक छोटे से गाँव में वहां के स्थानीय निवासियों ने जंगल की सफाई कर बसाया था। यहाँ बहुत सारे खेत थे। किसान बिना हल-बैल के अपनी कुदाल से ही खेती किया करते थे। इस गाँव के आसपास प्रायः जंगली जानवरों का उपद्रव हुआ करता था। पास-पड़ोस के लोग मुख्य रूप से जंगलों से लकड़ियों को काटने और उसे चुनने का काम किया करते थे। बहुत सारे लोगों का जीवन छोटे-बड़े जानवरों के शिकार पर भी चलता था। खेती के

लायक जमीन बहुत कम थी इसलिए हल बैल की जगह मुख्य रूप से स्थानीय किसान अपनी कुदालों से ही खेती किया करते थे। जहाँ पर जमीनें अधिक हुआ करती वहां के किसान हल बैल का भी उपयोग किया करते। लोग चावल के भूसे को जलाकर धुआं करते। इस बस्ती में बहुत सारे बरगद के वृक्ष थे जहाँ पर लोग अपने मवेशियों को रखते थे। आने - जाने वाले लोगों के लिए पगडंडी बनी हुई थी। दिन के समय शिकारी, बहेलिये आदि अपने हाथों में तांत के फंदे लेकर घूमा करते। इन फंदों से वे मुख्य रूप से पक्षियों के शिकार किया करते। बड़े शिकारों के लिए वे अपने साथ कुत्ते भी रखा करते थे। जंगली फलों को बेचने के लिए वे आसपास के गाँवों में घूमा करते।

वह राज्यश्री के जीवन की सबसे लम्बी रात थी जब कुल पुत्र गुप्त और उसकी कुछ ख़ास सेविकाओं ने न सिर्फ उसकी जन बचाई थी बल्कि उसे कारागार से मुक्त भी किया था। कन्नौज नगर में चारों तरफ इतना उथल-पुथल था कि हर व्यक्ति को अपनी जान की पड़ी थी और हर व्यक्ति चाहे वह बड़ा सामंत हो, मंत्री हो, व्यापारी हो, किसान हो या आम नागरिक वे सभी देवगुप्त और शशांक की सम्मिलित सेना से अपनी जान-माल की सुरक्षा में लगे थे। गहन रात्रि में कारागार से बचकर निकलते समय राज्यश्री जब शहर से बहार जा रही थी तभी उसने कुछ लोगों के घरों से आती करुण क्रंदन सी आवाज में यह जान लिया था कि उनके बड़े भाई राज्यवर्द्धन अब इस दुनिया में नहीं रहे। पति की हत्या और राज्य के विनाश हो जाने के बाद उसके सामने जीवन और मृत्यु का प्रश्न था और उस समय जो भी उसे सहयोग कर रहे थे उन्होंने राज्यश्री के जीवन को ही महत्व दिया।

'कुल पुत्र गुप्त, इस गहन रात्रि को जब आसमान में सिर्फ तारे ही दिखाई पड़ रहे हैं और मार्ग कहीं भी नजर नहीं आता तो फिर हम सब को किस दिशा में जाना है,' राज्यश्री ने कहा।

गुप्त ही एक ऐसा युवक था जिसने मन में यह ठान लिया था कि वह हर कीमत पर कन्नौज की महारानी को किसी सुरक्षित स्थान पर पहुंचा कर ही दम लेगा। उसने कहा, 'देवी, हमें किसी जंगल में जाकर छुप जाना चाहिए और उस समय तक इंतजार करना चाहिए जबतक कि थानेश्वर से कोई सहायता नहीं आती है।'

राज्यश्री फिर भावुक हो उठी। उसने कहा, 'माता-पिता भी नहीं रहे। काल ने अग्रज भ्राता राज्यवर्द्धन को उठा लिया। अब प्रिय भ्राता हर्ष ही एक सहारा हैं। किन्तु वह तो अभी बालक ही हैं।'

'देवी, राजकुमार हर्ष के बालक मात्र रहने में उनकी वीरता पर कोई संदेह है क्या? वह महान पुष्यभूति वंश के राजकुमार हैं। संसार देखेगा कि उन्होंने अपनी बहन की रक्षा के लिए क्या किया।' गुप्त ने कहा।

'कुल पुत्र, यही एक अंतिम आशा है। यदि इसमें भी भ्राता हर्ष को सफलता नहीं मिली तो मैं अग्नि में जलकर भस्म हो जाऊंगी। स्वयं को अग्नि देवता को समर्पित कर दूंगी। मेरे पति के इस संसार से चले जाने के बाद मेरे लिए वैसे भी जीने का कोई उद्देश्य नहीं रहा।' राज्यश्री ने रोते हुए कहा।

राज्यश्री के साथ चल रही सेविकाओं में से एक ने उसे धीरज बंधाते हुए कहा, 'देवी, यहाँ से विंध्याटवी वन की सीमा शुरू होती है। हम सब अब दुष्ट मालवराज और गौढ़ नरेश की सेनाओं से दूर आ चुके हैं। अब हम सभी को बिना आवाज किए चुपचाप वन में प्रवेश कर जाना चाहिए।'

'उत्तम सलाह दी तुमने,' दूसरी सेविका ने जवाब दिया।

कुल पुत्र गुप्त ने आकाश की ओर देखा और कहा,' अभी मध्य रात्रि का पहर है। वन में हिंसक जानवरों के अलावा जहरीले सर्प भी होंगे। हम सब को बहुत ही सावधानी से कोई सुरक्षित स्थान पर जाना होगा। कोई गाँव दिख जाए तो वहीं विश्राम करेंगे। तबतक थोड़ी दूर और चलते हैं।'

रात का पहर आगे की ओर खिसक रहा था। आसमान में कुछ तारे विलीन हो चुके थे और कुछ नए तारे नजर आ रहे थे। जंगल की सीमा में प्रवेश करने के साथ तरह-तरह के जानवरों की आवाज सुनायी देने लगी। सभी लोग भयभीत थे। गुप्त ने आसमान की ओर देखते हुए कहा,' अभी भोर का तारा नहीं दिखाई दे रहा। हमें हर हाल में आगे की ओर बढ़ते रहना होगा। शायद कोई गाँव मिल जाए।'

उनमें से किसी को भी विंध्याटवी वन का रास्ता मालूम नहीं था। वे सभी एक अंदाज से ही आगे की ओर बढ़ते रहे। उन्हें यह भी नहीं पता था कि वे लोग किस दिशा की ओर बढ़ रहे थे। आसमान में लाखों-करोड़ों तारों के बीच कुल पुत्र गुप्त ने सप्त ऋषि तारों के समूह खोजना शुरू किया ताकि यह पता चल सके कि वे सब उस अनजान वन में किस दिशा की बढ़ रहे थे।

'कुल पुत्र, तुम आसमान की ओर बार-बार क्यों निहार रहे हो? बढ़ते चलो,' राज्यश्री ने कहा।

'देवी, मैं यह देख रहा हूँ कि आकाश में सप्त ऋषि तारे कहाँ पर हैं। किन्तु दिखाई नहीं दे रहा। इससे दिशा का पता चलता कि हम लोग कहीं इस घने वन में भटक तो नहीं रहे।'

राज्यश्री ने कुछ भी नहीं कहा। उसने भी अपनी नजर आसमान में दौड़ाई। कुछ नजर नहीं आया। उसकी बड़ी-बड़ी काली आँखें मानो ब्रह्मांड के रहस्यों की खोज कर रही थी। ऊपर गगन में अंधकार था और जमीन पर उसका जीवन भी तो कुछ ऐसा ही हो चुका था। उसने अपने इष्ट देव को याद किया और मन ही मन में कहा, 'हे ईश्वर! इस घनघोर वन में हम सबका मार्ग प्रशस्त कर!'

वे अभी बिना आवाज किए आगे की ओर बढ़ते रहे। भूख-प्यास से सभी को कमजोरी सी महसूस होने लगी थी। वे सब जीवन और मृत्यु के बीच अपने क़दमों को उठाए जा रहे थे। राज्यश्री ने याद किया। महल में उसके लिए पालकी हुआ करती थी। पिता के घर वह हाथियों की सवारी किया करती थी। वह एक सुखद संसार में जी रही थी और अपनी कल्पनाओं की उड़ान के साथ चित्रकारी भी करती थी। उसे याद आया जब कन्नौज पर आक्रमण हुआ था तब वह अपने पति ग्रहवर्मा का ही चित्र बना रही थी। उस चित्र पर कुछ ही रंगों को ढालना अंतिम काम रह गया था। उसके पति ने अपने चित्र को ठीक से देख भी नहीं पाया था कि रणभेरी की आवाज सुनायी देने लगे थी और वे यह कहकर युद्ध के मैदान में चले गये थे कि शीघ्र ही शत्रुओं को पराजित कर वापस लौटेंगे। किन्तु भाग्य ने सब पलट कर रख दिया। वह यह सब सोच कर आगे का मार्ग तय कर ही रही थी कि एक सेविका ने कहा,

'देखिए देवी, उधर दूर दीपक की टिमटिमाती रौशनी दिखाई पड़ रही है।'

सभी उसी तरफ देखने लगे। कुल पुत्र गुप्त ने कहा,' देवी, हम सब अब किसी गाँव के नजदीक हैं। ऐसा प्रतीत होता है कि लोग अभी भी जग रहे हैं।'

तभी किसी आदमखोर जानवर के गुर्राने की आवाज सुनायी पड़ी। सब सहम गए। गुप्त ने अपनी तलवार को निकाल कर हाथ में रख ली। सेविकाओं ने अपने हाथों में कटार को रख लिया। राज्यश्री ने गुप्त की ओर देखा और कहा,

'कुल पुत्र, यह किसकी आवाज थी?'

'शायद चीते के गुर्राने की आवाज आ रही है। ऐसा प्रतीत होता है वह कुछ ही दूरी पर है। चिंता न करें, सामना किया जाएगा। इतना कहते हुए उसने अपनी कमर से एक बड़ा सा कटार निकालकर राज्यश्री के हाथों ने दे दिया और कहा, 'देवी, सुरक्षा के लिए इसे अपने पास ही रख लीजिये। ऐसा प्रतीत होता है कि इन्हीं जानवरों के भय से ग्रामीण लोग अपने घरों में रात में भी प्रकाश किए रहते हैं।'

वे सब अब और भी तेजी से उस ओर बढ़े जहाँ उन्हें उम्मीद की एक हल्की सी रौशनी दिखाई पड़ रही थी। जानवर एक बार गुर्राने के बाद शायद दूर चला गया था। खतरा टल गया था। वे सभी सुरक्षित उस गाँव के पास पहुंचे। उनके क़दमों की आहट को सुनकर एक बूढ़ा किसान हाथों मशाल लिए अपनी झोंपड़ी से बाहर आया। उसके एक हाथ में मशाल और दूसरे हाथ में एक मजबूत सी लाठी थी। उसने मशाल को थोड़ा उंचा कर कुछ अनजाने लोगों के गाँव में प्रवेश कर जाने पर उन्हें पहचानने की कोशिश की। उसने अपनी मजबूत लाठी को जमीन पर पटकते हुए कहा,

'कौन घुस आया है इतनी गहरी रात को इस ग्राम में?' फिर वह थोड़ा और भी नजदीक आया और मशाल को ऊपर उठाकर जो देखा उसका मन द्रवित हो उठा। उसके कंठ से आवाज आयी, 'देवी राज्यश्री!' वह अपने गाँव का प्रधान था और राज्यश्री के विवाह समारोह में उसे भोज पर आने का निमंत्रण मिला था। उसने एक क्षण में अपनी महारानी को पहचान लिया। उसने झट से अपने घर में आवाज लगाई और उससे पत्नी, बच्चे और गाँव के अन्य लोग दौड़े चले आये।

'हम सब वन में भटक रहे हैं। देवी को सुरक्षा चाहिए, गुप्त ने कहा।

'यह संसार आपका है देवी। मेरा घर पवित्र कीजिये। अहोभाग्य!' किसान ने कहा।

'हम सब अभी कहीं भी विराम नहीं कर सकते। हम सभी को किसी सुरक्षित स्थान पर जाना है। मालूम है, कन्नौज पर आक्रमण हुआ है और राजा अब इस संसार में नहीं रहे,' गुप्त ने समझाया।

यह सुन वह किसान अपने परिवार के साथ दहाड़ मारकर रोने लगा। 'सर्वनाश हो उसका जिसने ऐसा जघन्य अपराध किया है। क्या मैं देवी को इस रूप में देखने के लिए ही जीवित था। यह दिन देखने से पहले यमराज ने मुझे उठा क्यों नहीं लिया,' और इतना कहकर वह राज्यश्री के पैरो पर गिर पड़ा।

'उठो किसान, यह समय रोने का नहीं है। पूरे राज्य का सर्वनाश हुआ है। मुझे रास्ता दिखाओ किसी सुरक्षित स्थान का,' राज्यश्री ने कहा।

'देवी, आग्रह है कि आप सब सुबह होने तक मेरे इस झोंपड़ी में विश्राम कीजिए। हम सब भोजन और पानी का प्रबंध करते हैं। सूरज के

निकलने के साथ ही हम सब आपको ऐसी सुरक्षित स्थान पर ले जाएंगे कि शत्रु की नजर भी वहाँ तक नहीं जाएगी,' किसान ने कहा।

निर्णय राज्यश्री के हाथों में था। सभी लोग थके हुए थे। भूख-प्यास के मारे। जब से कारागार से बचकर निकली थी राज्यश्री ने एक बूँद पानी का नहीं पीया था। सभी लोग झोंपड़ी के अन्दर गये। पूरा गाँव उठाकर आ चुका था। घर में जो भी था अन्न-जल ग्रहण किया। बातें होने लगी कि किस स्थान पर उन्हें ले जाया जाए ताकि सभी की नजरों से बचे रहें। एक ग्रामीण ने कहा,

'पश्चिम की ओर बौद्ध भिक्षुकों का आश्रम है। वहां जाना क्या सुरक्षित रहेगा?'

'नहीं। किसी की नजरों में पड़ना कदाचित अभी उचित नहीं होगा,' दूसरे ने कहा। वे सभी आपस में सुरक्षा की बातें कर रहे थे। ग्राम के प्रधान ने कहा,

'हम विंध्याटवी वन में एक ऐसी गुफा को जानते हैं जहाँ किसी की भी दृष्टि नहीं जाएगी। वहाँ के वृक्ष विशाल हैं। वहां झरने का उत्तम जल भी है और वन पशुओं का ख़तरा भी नहीं है। शत्रु वहाँ तक नहीं आ सकते। कुछ समय वहां पर रहने के बाद जब स्थितियां अनुकूल हो जाएंगी तो फिर हम सब मिलकर देवी को उनके महल में पहुंचा देंगे।'

'यही ठीक रहेगा। देखिए अब सुबह होने वाली है। कुछ ही लोग साथ चलते हैं और देवी को सुरक्षित स्थान पर रख कर वापस आ जाते है,' एक युवक ने कहा।

अब सूरज निकले ही वाला था। सभी उठे। भरे कंठ से राज्यश्री को गाँव से विदा किया। कुछ मजबूत काठी के युवक ग्राम प्रधान के साथ

हथियारों के साथ चले और उस गुफा के पहुंचे जहाँ झरने का शीतल जल अनवरत बहता आ रहा था। राज्यश्री एक ऊँचे से चट्टान पर बैठ गयी। उसने ग्राम प्रधान से कहा, 'पुत्र, अब तुम सब वापस चले जाओ। दिन निकल आया है। मैं अपने भ्राता हर्ष की यहीं प्रतीक्षा करूंगी।'

ग्राम प्रधान सहित सभी ने धरती पर सर रखकर राज्यश्री को प्रणाम किया और वापस लौट गए। जाते-जाते ग्राम प्रधान ने कहा,

'देवी, हमारे गाँव का कोई न कोई हर रोज आपकी सुरक्षा पर अपनी दृष्टि रखेगा। हम सब आपके लिए भोजन का प्रबंध तबतक करते रहेंगे जबतक कि थानेश्वर सम्राट आपके भ्राता हर्षवर्द्धन आपको यहाँ पर लेने नहीं आते।'

वे सब वापस अपने गाँव लौट गए। राज्यश्री का मन और भी दुखित हो उठा। उसने आकाश की ओर देखा और प्राण किया कि यदि शीघ्र ही भ्राता हर्ष नहीं आ पाए तो वह अग्नि में जल कर स्वयं को भस्म कर देगी। कारागार से साथ चले कुल पुत्र गुप्त को भी राज्यश्री ने वापस जाने का निर्देश दिया। उसने कहा,

'जाओ पुत्र, अब वापस कन्नौज को लौट जाओ। वहाँ की सुरक्षा करो। सामंतों और मंत्रियों से हमारा हाल कहो। सेना को फिर से संगठित करो और अपने साम्राज्य को वापस लाओ।'

नहीं चाहते हुए भी वह कुल पुत्र वापस चला गया। उसने कन्नौज के प्रति अपनी जिम्मेदारी निभाई। अब राज्यश्री बिलकुल अकेली थी। उसके साथ वही सेविकाएँ थी जो महल से साथ चली थी। उन सभी से सोचा कि अब वे सब सभी के नजरों से दूर एक सुरक्षित स्थान पर आ गए हैं। किन्तु भाग्य आगे खड़ा था।

# 16

भंडी को विदा करने के बाद हर्षवर्द्धन सारा दिन यही सोचते रहे कि किस प्रकार वे अपनी बहन की रक्षा करें। उनके पास कोई भी ऐसा साधन सिवा इस बात को छोड़कर नहीं था कि भंडी ने उनसे यह कहा था कि उसने सुना था कि राज्यश्री विंध्याटवी के वन में कहीं चली गयी थी। भंडी थानेश्वर साम्राज्य का एक बहुत ही विश्वासपात्र मंत्री था। उसमें सेना के प्रतिनिधित्व करने की भी क्षमता थी। उसके पास सुरक्षा की जिम्मेदारियों के अलावा नीतिगत बातों की भी जिम्मेदारी थी जिसमें उसे उन सूचनाओं को भी तैयार करना होता था ताकि राजा को पता चल सके कि उसके साम्राज्य में क्या हो रहा है। हर्ष को भंडी पर पूरा भरोसा था कि वह सैनिक अभियान से गौड़ नरेश को कन्नौज से पीछे धकेल देगा। हर्ष ने इस अभियान का नेतृत्व खुद शुरू किया था, किन्तु जैसे ही उन्हें पता चला कि उनकी दुलारी बहन राज्यश्री अभी भी जीवित है उन्होंने तुरंत सैनिक अभियान को त्याग कर राज्यश्री की खोज में अपनी ताकत लगा दी।

भंडी के चले जाने के बाद कुछ ही महत्वपूर्ण लोग हर्ष के साथ रहे। उस दिन उन्होंने अपना खोज अभियान शुरू नहीं किया। सारी रात शिविर में ही बिताया। वह सोचते रहे थानेश्वर के साम्राज्य के बारे में और कन्नौज के बारे में भी जो अब रजा विहीन हो चुका था। मालवराज देवगुप्त के मारे

जाने के बाद मालवा भी खाली पड़ा था। उन्होंने सोचा 'क्या गौढ़ अधिपति शशांक कन्नौज और मालवा दोनों पर अपना आधिपत्य स्थापित कर लेगा?' यह बात उनके गले नहीं उतर रही थी। उन्होंने गौढ़ अधिपति शशांक को ख़त्म करने की प्रतिज्ञा की थी। उन्होंने एक बड़ी सेना को लेकर उसके खिलाफ अभियान भी शुरू किया था। किन्तु बीच में राज्यश्री खाड़ी थी, जिसे सुरक्षित वापस लाना उनके लिए किसी भी सैनिक अभियान से ज्यादा महत्वपूर्ण था।

हर्ष को नींद नहीं आ रही थी। सारी रात वे अपने शिविर में राज्यश्री के बारे में ही सोचते रहे। सुबह हुई तो उन्होंने अपना खोज अभियान शुरू किया। वह विंध्याटवी वन के एक पड़ाव से दूसरे पड़ाव की तरफ आगे को बढ़ते चले गए। कई पड़ावों से गुजरने के बाद हर्ष विंध्याटवी के भीतरी जंगल तक पहुंचे जहाँ जंगल को साफ़ कर एक गाँव बसाया गया था। उन्होंने वहाँ राज्यश्री के बारे में जानकारी ली किन्तु कुछ भी पता नहीं चाला।

हर्षवर्द्धन व्याकुलता से भटकते रहे। वह कई दिनों से भटक रहे थे। उन्होंने जंगल में ही अपना पड़ाव डाल दिया। दोपहर का समय था। हर्ष काफी व्याकुल थे। उन्हें इस बात का भरोसा था कि वह अपने अभियान में सफल होंगे, किन्तु उसकी कोई भी समय सीमा उनके मन में नहीं आ रही थी। अब उन्हें राज्यश्री को लेकर अंदेशा भी होने लगा था। थककर वह चुपचाप बैठे थे कि उन्होंने देखा आटविक सामंत शरभकेतु का पुत्र व्याघ्रकेतु उनके करीब चला आ रहा है। हर्ष ने उत्सुकता से उसे देखा। व्याघ्रकेतु का पिता थानेश्वर साम्राज्य का पुराना भक्त था। जब व्याघ्रकेतु हर्ष के निकट आया तो उनसे धरती को छू कर प्रणाम किया। हर्ष ने

आशीर्वाद दिया। हर्ष ने देखा उसके साथ एक शबर युवक था जिसे व्याघ्रकेतु ने उनसे ही मिलवाने को लाया था। हर्ष ने व्याघ्रकेतु से पूछा,

'सामंत पुत्र, तुम्हारे कुल में सब कुशल तो है। इस घने वन में तुम क्या कर रहे हो और मुझसे मिलने किस उद्देश्य से आये हो?'

'राजन की कृपा से हमारे जंगल प्रदेश आटवी में सब कुशल से हैं। मेरे आने का प्रयोजन यह युवक है राजन। यह शबर जनजाति का युवक है। इसका नाम निर्घात है। यह युवक समस्त विन्ध्याचल के स्वामी और सभी शबर बस्तियों के प्रधान शबर सेनापति भूकंप का भांजा है।'

हर्ष के मन में एक हल्की सी किरण जगी। उन्हें लगा जरूर कोई बड़ा समाचार मिलने वाला है। उनसे रहा नहीं गया। जब व्याघ्रकेतु अपनी बात कह ही रहा था तभी उसे बीच में ही टोकते हुए हर्ष ने कहा,

'व्याघ्रकेतु, मुझे ऐसा लगता है कि तुम कोई विशेष समाचार लेकर आये हो। मेरा मन उसे सुनने के लिए व्याकुल है। क्या यह शबर युवक जिसका नाम तुम निर्घात बता रहे हो उसके पास मेरी बहन राज्यश्री का कोई समाचार है? यदि है तो तुरंत बताओ। मुझसे रहा नहीं जा रहा है।'

तब व्याघ्रकेतु ने उस युवक का परिचय कराते हुए कहा, 'राजन! यह युवक जिसका नाम निर्घात है जंगल के हर पत्ते को पहचानता है। विन्ध्याचल के जंगल में होने वाली हर घटना और दुर्घटना से यह परिचित रहता है। जंगल के हर जीव को जानता है। कौन जंगल के अन्दर आ रहा है और कौन इस जंगल से बाहर जा रहा है उसकी सही जानकारी इसके पास रहती है। यह स्वयं आपसे कुछ विनती करने आया है।'

हर्ष ने उस शबर युवक निर्घात को गौर से देखा। वह युवक चलता-फिरता काला पहाड़ था। उसके माथे के चारों ओर काले केशों का घेरा

सा खिंचा हुआ था। उसकी नाक चपटी और बीच में नीचे की ओर फ़ैली थी। उसकी टुढ़ी छोटी और मोटी थी। उसके गाल की हड्डी काफी उभरी हुई थी। जबड़े चौड़े थे। उसने अपने दोनों कानों में सुग्गे के हरे पंखों को खोस रखा था। उसकी आँखों में स्वाभाविक लाली थी। उसकी कमर चौड़ी थी जिसमें छोटी सी तलवार बंधी थी। उसकी तलवार की मूंठ सींग की थी और म्यान दुमुंही सांप की खाल की दो पट्टियों से बनी थी। उसकी पीठ पर रीछ के चमड़े का बना तरकश बंधा था। उसने अपने दाहिने हाथ में विष से बुझी हुई नुकीली तीर को पकड़ रखा था।

हर्षवर्द्धन ने जब उस शबर युवक निर्घात पर अपनी गहरी नजर डाली तो उसने बहुत ही आदरपूर्वक धरती पर अपना मस्तक रखकर हर्ष को प्रणाम किया। हर्ष ने उससे आदरपूर्वक पूछा,

'भाई, तुम इस समस्त प्रदेश में विचरण करते हो। तुम वन के सभी वस्तुओं और जीवों से परिचित हो। क्या तुम्हारे सेनापति अथवा तुम्हारी दृष्टि में या फिर किसी अन्य व्यक्ति की नजर में इस वन में कोई सुन्दर सी स्त्री देखी गयी है?'

एक राजा के द्वारा मांगी जा रही मदद से शबर युवक निर्घात धन्य हो उठा। उसने जीवन में कभी ऐसा सोचा भी नहीं था कि किसी दिन विंध्याचल के इस वन प्रदेश में जिसकी वह सुरक्षा करता है वहां पर आकर कोई रजा उससे अपने लिए मदद मांगेगा। उसने अपने को धन्य मानते हुए हर्ष के समक्ष पूर्ण समर्पित भाव से कहना शुरू किया,

'देव! इस स्थल में सेनापति की जानकारी के बिना हिरनियाँ भी विचरण नहीं करतीं, स्त्रियों की तो बात ही क्या? ऐसी कोई भी स्त्री नहीं

मिली। किन्तु देव की आज्ञा से इस समय सरे कामों को त्याग कर·सिर्फ उन्हें ही ढूंढने का प्रयत्न किया जा रहा है।'

तब हर्ष ने उत्सुकता से उस युवक की ओर देखते हुए कहा,' क्या इस कार्य में किसी को कोई सफलता मिली?'

निर्घात थोड़ा गंभीर हो उठा। उसने कुछ क्षण अपने मस्तिष्क पर जोर डाला और फिर कहा,

'देव! यहाँ से एक कोस की दूरी पर पहाड़ की जड़ में जहाँ वृक्षों का घना झुरमुट है वहां पर भिक्षा वृति से निर्वाह करने वाला दिवाकर मित्र नामक एक पाराशरी भिक्षु अपने अनेक शिष्यों के साथ रहता है। शायद उसे इस बात की कोई खबर हो कि कोई सुन्दर स्त्री इस वन में आयी है अथवा नहीं।'

शबर युवक निर्घात के इतना भर कहने मात्र से हर्षवर्द्धन की उम्मीदें बढ़ गयीं। उन्होंने दिवाकर मित्र का नाम सुन रखा था। वह एक बौद्ध भिक्षु थे। सबसे बड़ी बात तो यह थी कि दिवाकर मित्र ग्रहवर्मा के बालसखा थे। अचानक से हर्ष का मन ग्रहवर्मा की तरफ चला गया। उनके घाव फिर ताजे हो उठे। उन्होंने मन में ही कहा, 'ग्रहवर्मा। कन्नौज का राजा और मेरी बहन राज्यश्री का पति। युद्ध में दुष्ट देवगुप्त का शिकार हुआ। हर्ष को अब एक बार फिर से वे सारी घटनाएं सताने लगीं जो अचानक से उनके जीवन में आ घटी थीं। एक साथ सब कुछ समाप्त हो चुका था, सिर्फ बची थी राज्यश्री और उसका भी कोई पता नहीं चल रहा था। हर्ष ने तुरन्त दिवाकर मित्र से मिलने की योजना बनायी। उन्होंने उस शबर युवक निर्घात का धन्यवाद किया।

उन दिनों दिवाकर मित्र उत्तर भारत में एक सबसे उच्च स्थान रखने वाले बौद्ध भिक्षु थे जिनके आश्रम में सैकड़ों भिक्षुओं का आशियाना था जो भगवान बुद्ध ( 563-483 ईसा पूर्व) की परम्परा को आगे बढ़ा रहे थे। हालांकि भगवान बुद्ध के समकालीन मगध नरेश बिम्बिसार (558-491 ईसा पूर्व) ने बौद्ध धर्म को आश्रय दिया था। बिम्बिसार भगवान बुद्ध के समकालीन थे। फिर जब उसके पुत्र आजातशत्रु (शासन काल 492-460 ईसा पूर्व) ने पाटलिपुत्र को अपनी राजधानी बनायी तब बौद्ध धर्म और आगे बढ़ा। किन्तु सबसे अधिक प्रचार इस धर्म का मगध के सम्राट अशोक (304-232 ईसा पूर्व) के समय में हुआ जिन्होंने कलिंग युद्ध में हुए नरसंहार के बाद शांति का मार्ग अपनाते हुए बौद्ध धर्म को स्वीकार किया और अपने पुत्र महेंद्र एवं पुत्री संघमित्रा को श्रीलंका एवं अन्य द्वीपों में भेजकर वहाँ भी बौद्ध धर्म का प्रचार करवाया। भगवान बुद्ध के समय भारत में कुल सोलह जनपद थे जो इस प्रकार थे- काशी, कोसल, अंग, मगध, वत्स, मल्ल, सूरशेन, कुरु, चेदी, अश्मक, पंचाल, कम्बोज, गांधार,(कम्बोज, मत्स्य (पूर्वी राजस्थान) और अवंति। और एक लिच्छवी गणतंत्र था।

प्राचीन भारत में बौद्ध धर्म काफी फलता फूलता रहा। इसका प्रभाव चीन तक पड़ा और चीनी विद्वान व्हेनसांग ने भारत की यात्रा की और लम्बे समय तक हर्षवर्द्धन के दरबार में रहा। इससे पहले फाहियान भी भारत आ चुका था। ये सभी बौद्ध भिक्षु थे जो यहाँ की संस्कृति का अध्ययन करने आये थे। उन्होंने भारत में लम्बी दूरी की यात्राएं भी की।

जब हर्षवर्द्धन को शबर युवक निर्घात ने बौद्ध भिक्षु दिवाकर मित्र की सूचना दी तब वे और भी बेचैन हो उठे। उन्हें लगा कि राज्यश्री की खोज

अब नजदीक आ चुकी है। आशा की किरण नजर आने लगी। हर्ष ने निर्घात से कहा,

'मित्र, तुम मुझे अतिशीघ्र उस आश्रम की ओर ले चलो जहां दिवाकर मित्र रहते है। मेरी आशंकाएं अब दूर होती नजर आ रही हैं। मैं एक क्षण भी विश्राम नहीं कर सकता। मुझे रास्ता दिखाओ।'

आश्रम बहुत दूर नहीं था; किन्तु जंगल घना था। हर्ष अपने घोड़े पर सवार हुए और दल-बल के साथ दिवाकर मित्र के आश्रम की ओर चल पड़े। निर्घात आगे -आगे तेजी से भागता जा रहा था। थोड़ी देर बाद वे सभी आश्रम के करीब पहुंचे। हर्ष अपने घोड़े से उतर गए। आश्रम में जाने से पहले उन्होंने पहाड़ी नदी में अपना हाथ-मुंह धोया। आश्रम सामने दिख रहा था। उन्हें लगा कि एक रजा की भांति सेना को लेकर किसी बौद्ध भिक्षु के आश्रम में जाना उचित नहीं होगा। उन्होंने अपनी अश्वसेना को नदी के किनारे ही रहने की आज्ञा दी और खुद अपने घनिष्ठ मित्र माधवगुप्त के साथ आश्रम की ओर चल पड़े।

माधवगुप्त हर्ष का न सिर्फ एक भरोसे का मित्र था बल्कि वह मगध का सामंत भी था। हर्ष उसपर काफी भरोसा करते थे। बाद में जब हर्ष ने गौढ़ नरेश शशांक पर चढ़ाई की तब माधवगुप्त उनके साथ था। हर्ष ने अपनी बाईं हाथ से माधवगुप्त के कंधे को पकड़ा और आगे बढ़ते हुए कहा,

'मित्र, न जाने क्यों मेरे मन में यह विचार उठ रहा है कि मैं अपनी प्रिय बहन राज्यश्री को अब पा लूंगा।'

'आपका प्रयत्न विफल नहीं जाएगा राजन,' माधवगुप्त ने भरोसा दिलाते हुए कहा।

हर्ष कभी जमीन की ओर तो कभी आगे आश्रम की तरफ देखते हुए आगे बढ़ते जा रहे थे। सबसे आगे शबर युवा निर्घात था जो काफी तेजी से रास्ता साफ़ करता हुआ आगे बढ़ रहा था। हर्ष ने माधवगुप्त से फिर कहा,

'मित्र, एक बार राज्यश्री का पता चल जाने के बाद सब कुछ बदल जाएगा। हालांकि मैंने महामंत्री भंडी के साथ अपनी सेना को कन्नौज को फिर से प्राप्त करने और दुष्ट गौढ़-अधिपति को परास्त कर उसका समूल नष्ट करने को भेज दिया है, किन्तु मुझे इस बात की तनिक भी चिंता नहीं है कि वहां कन्नौज में क्या हो रहा है। मुझे इस समय सिर्फ राज्यश्री की ही याद आ रही है।'

'राजन, आप भगवान महादेव पर विश्वास रखें, आपकी बहन देवी राज्यश्री कुशल से होंगी और रही बात कन्नौज की तो गौढ़ अधिपति आपकी सेना, उस सेना का सामना नहीं कर सकता जिसमें सिंहनाद जैसे सेनापति, कुंतल जैसे अश्व सेनापति, स्कन्दगुप्त जैसे गजपति और भंडी जैसे महामंत्री हों। पूरी धरती पर इस सेना का सामना करने की क्षमता किसी में भी नहीं है,' माधवगुप्त ने कहा।

आश्रम और भी नजदीक आ गया। तब सभी लोग शांत भाव से आगे बढ़ने लगे। हर्ष ने कहा, 'मित्र माधव, मेरी बहुत दिनों से आचार्य से मिलने की इच्छा थी। किन्तु आज इस रूप में, एक याचक के रूप में जा रहा हूँ।'

'सुना है कि आचार्य दिवाकर मित्र बहुत ही प्रभावशाली संत हैं। उनका ज्ञान पूरे जगत में फैला हुआ है। उनके शिष्य उनके आदर में डूबे

रहते हैं। मुझे भी ऐसा ही लग रहा है राजन, कि आपका प्रयोजन सफल होगा,' माधवगुप्त ने कहा।

आश्रम के द्वार पर वृक्षों के बीच से ही हर्षवर्द्धन ने दिवाकर मित्र को देखा। हर्ष ने दूर से ही उन्हें प्रणाम किया। उस समय दिवाकर मित्र का आश्रम एक आदर्श बौद्ध विद्या संस्थान था। वे आसन पर बैठे थे। उनके दोनों ओर दो सिंह-शावक भी बैठे थे। उन्हें देखकर हर्ष को ऐसा प्रतीत हुआ कि स्वयं भगवान बुद्ध सिंहासन पर विराजमान हों। दिवाकर मित्र उस समय अपने बाएं हाथ से एक कबूतर के बच्चे को निवार खिला रहे थे। उन्होंने अपने शरीर पर लाल रंग का मुलायम सा वस्त्र धारण कर रखा था। हर्ष को देखते ही दिवाकर मित्र प्रसन्न मुद्रा में उठ खड़े हुए और कहा,

'आश्रम में राजन का स्वागत है।'

तुरंत अनेक बौद्ध भिक्षुक वहां उपस्थित हो गए और हर्ष का सत्कार करने लगे। सिंह के दोनों शावक जो दिवाकर मित्र के अगल-बगल बैठा था वह भी हर्ष के नजदीक आकर उनके चरणों के पास आ खड़ा हुआ। हर्ष ने झुककर अपने दोनों हाथों से दोनों सिंह शावकों को स्नेह से सहलाया और फिर खड़े होकर दिवाकर मित्र की ओर देखा। हर्ष के चेहरे के उदास रंग को देख दिवाकर मित्र ने शांत भाव से अपने चेहरे पर मुस्कान लाते हुए कहा,

' राजन! आपका आश्रम में स्वागत है। आपको देखकर मुझे जितनी खुशी हो रही है उतना ही दुःख आपके उतरे हुए रंग को देखकर हो रहा है। कृपया आप विंध्याटवी में आने का अपना प्रयोजन बताएं।'

हर्ष ने गंभीर स्वर में आदरपूर्वक कहा,

'मेरे इस महावन में भ्रमण करने का कारण ध्यान पूर्वक सुनें। परिवार के इस्ट व्यक्तियों के नष्ट हो जाने के बाद मेरे जीवन का एक मात्र सहारा मेरी छोटी बहन बची थी। वह भी अपने पति ग्रहवर्मा के असमय स्वर्गवास हो जाने के बाद अपने पति के वियोग में तथा शत्रु के भय से किसी प्रकार विन्ध्यावान में आ गयी है। मैं रात-दिन उसे ढूँढ रहा हूँ किन्तु अभी तक कोई पता नहीं चला। इस वन में अनेक शबर रहते हैं। यदि किसी वनचर से आपको मेरी बहन राज्यश्री का कोई समाचार मिला हो तो कृपया बतायें।'

ग्रहवर्मा के युद्ध में मारे जाने का समाचार सुनकर दिवाकर मित्र दुखित हो उठे। फिर राज्यश्री की दुखद कथा को हर्ष के मुख से सुन कर बौद्ध आचार्य ने कहा,

'राजन! ग्रहवर्मा मेरा बालसखा था। हम दोनों ने एक ही साथ बचपन गुजारे थे। वह हमें बहुत ही प्रिय था। आपकी इस कथा को सुन मेरा मन स्वयं द्रवित हो उठा है। किन्तु राजन, अभी तक राज्यश्री के बारे में मुझे कोई भी वृत्तांत नहीं मिला।

दिवाकर मित्र के इस कथन को सुनकर हर्षवर्द्धन और भी दुखित हो उठे। उन्होंने सोचना शुरू किया, 'शोक उनका पीछा ही नहीं छोड़ रहा है।' दिवाकर मित्र के आश्रम में आकर हर्ष को एक हल्की सी किरण दिखाई पड़ी थी। जब से उन्होंने इस वन में प्रवेश किया था ना जाने वे कितने लोगों से मिले, कितने लोगों से राज्यश्री के बारे में जानकारी प्राप्त करने की कोशिश की और अंत में जब उन्हें लगा कि दिवाकर मित्र के आश्रम में उनकी खोज समाप्त हो जाएगी तो यहाँ भी उन्हें निराश होना पड़ा। फिर भी उन्होंने वहीं पर रहने का निर्णय किया।

# 17

राज्यश्री जब से विंध्याटवी के वन में पहुंची थी हर्ष के आने की प्रतीक्षा ही करती रही। उसके पास उसकी कुछ सेविकाओं जो उनकी परम भक्त थी के सिवा और कोई भी नहीं था। वह बहुत दिनों तक यही सोचती रही कि एक न एक दिन हर्ष उसे ढूंढते हुए जरूर आयेंगे। समय बहुत लंबा कट रहा था। वह किसी भी प्रकार से सिर्फ स्वयं को जीवित रखे हुए थी। उसे तथा उसकी सेविकाओं को ऐसा प्रतीत को रहा था कि इस घनघोर वन में उसे कोई देख नहीं पाएगा। शत्रु सेना तो एकदम नहीं। घटनाएं इतनी तेजी से घटित हो रही थीं कि राज्यश्री को कुछ भी पता नहीं चला कि उसके कारागार ने निकल जाने के बाद उसके प्रिय कन्नौज में क्या हो रहा था। कन्नौज के आम लोगों का जीवन किस हाल में बीत रहा था। उसे शक था कि गौढ़ नरेश शशांक जिसने उसके बड़े भाई राज्यवर्द्धन की धोखे से हत्या की थी वह कन्नौज की जनता को भी काफी तकलीफ देगा। किन्तु उसे इस बात की कोई जानकारी नहीं थी कि उसका एक और प्रतापी भाई हर्षवर्द्धन ने एक बड़ी सेना कन्नौज की सुरक्षा के लिए भेज दिया था। वह जब अपने भाई हर्ष की प्रतीक्षा कर थक सी गयी तब एक दिन उसने अपनी प्रिय सेविका मालती से कहा,

'अब मेरे लिए ईश्वर के द्वार भी बंद हो गए हैं मालती। ऐसा प्रतीत होता है अब यहाँ कोई नहीं आएगा। अब मुझे जीने की कोई लालसा नहीं रही। माता-पिता को खोने के बाद पति को खो दिया और उसके पश्चात अपने सगे बड़े भ्राता राज्यवर्द्धन को भी जिसकी तेज से संसार कांपता था। हाय! कोई मुझे क्यों नहीं लेने आता? सब लोग कहाँ चले गए? मालती, मैंने मन में विचार किया है कि स्वयं को धधकती हुई ज्वाला में समर्पित कर अपने जीवन का अंत कर दूं।'

इतना कहकर राज्यश्री फूट-फूट कर रोने लगी। उसने रोते हुए ही कहा, 'मेरी प्रिय सेविकाओं, अब तुम सब मेरे लिए अग्नि का प्रबंध कर दो। मैं उसकी ज्वाला में प्रवेश करना चाहती हूँ।'

राज्यश्री की इस भीषण प्रतिज्ञा को सुन सभी सेविकाएँ दहाड़ मार कर रोने लगी। उन्होंने बार-बार राज्यश्री को समझाने की कोशिश की कि उनके भाई हर्षवर्द्धन बस अब आते ही होंगे, वे ऐसी प्रतिज्ञा को अपने मन से त्याग दें, किन्तु राज्यश्री किसी की भी बातें सुनने को तैयार नहीं हुई। समझाने-बुझाने का कोई फायदा नहीं हो रहा था। मालती ने समझाया,

'देवी! आपने कारागार जैसे कठिन समय को भी आसानी से पार कर लिया। शत्रु सेना आपसे पराजित हुई। आप उस अंधेरी कोठरी से कुशलता पूर्वक निकल आयीं। यहाँ भी वन में आप हम सभी बहनों के बीच सुरक्षित हैं तो फिर अपने भ्राता हर्ष की प्रतीक्षा करते रहने में ही आपका भला है।'

'भले और अपशकुन की बात जाने दो मालती। मुझे तो पूर्ण विश्वास हो चला है कि भगवान शंकर ही मुझसे रुष्ट है। मेरी पूजा में ही कहीं कोई कमी रह गयी होगी,' उसने रोते हुए कहा और फिर आकाश की ओर

देखकर अपने दोनों हाथों को उठाते हुए ईश्वर को पुकारा, 'हे संसार के स्वामी! मैं अब इस पृथ्वी पर नहीं रहना चाहती। मुझे अपने पास बुला लो!'

अब सभी स्त्रियाँ चीत्कार मार कर रोने लगी। एक बौद्ध भिक्षु जो कुछ ही दूर एक टीले पर सुबह का प्राणायाम कर रहा था। अब दिन के चढ़ते समय यूँ ही नदी के किनारे टहलने को निकल आया था कि उसकी कानों में उन स्त्रियों की करुणा भरी आवाज सुनायी पड़ी। उसने आवाज का पीछा किया और देखा कि एक वृक्ष के नीचे कुछ स्त्रियों ने एक सुंदर सी स्त्री को घेर रखा है और वे सब विलाप कर रही हैं। उसने तेजी से अपने कदम बढ़ाए और उनके पास पहुंचा।

सेविकाएँ अपने करीब एक बौद्ध भिक्षु को देख अवाक रह गयीं। उन्होंने तो सोचा था कि इस घनघोर जंगल में कोई नहीं देख पाएगा, वे सब अब एक भिक्षु के सामने थीं। तुरंत ही मालती के मन में एक विचार आया। उसने उस भिक्षु को प्रणाम करते हुए कहा,

'हे भिक्षुक! आप दूसरों के बीच ज्ञान बांटते हैं। आप सेवा करते हैं। जंगल में विचरण और ध्यान करते हैं। आप ही इन्हें समझिए कि अग्नि में प्रवेश कर अपने जीवन को अंत कर देने से कोई लाभ नहीं होता।'

भिक्षुक ने राज्यश्री की तरफ देखा। उसे आश्चर्य हुआ कि एक राजकन्या सी दिखने वाली स्त्री इस घनघोर वन में क्या कर रही है और वह क्यों दुखित होकर रो रही है? उसने कहा,

'देवी! मैं आपका परिचय तो नहीं जानता किन्तु आप निश्चित रूप से किसी राजघराने की प्रतीत होती हैं। आपके मन में अपने जीवन को समाप्त करने का जो भी विचार उत्पन्न हुआ है कृपया उसे त्याग दीजिये।'

किन्तु राज्यश्री को लगा कि एक व्यक्ति के द्वारा देख लिए जाने के बाद उसका भेद खुल सकता है। शत्रु को पता चल सकता है कि उसने इस वन में आश्रय ले रखा है। उसने एक नजर उस भिक्षु की ओर देखा और फिर सेविकाओं को कठोर आदेश देते हुए कहा,

'तुम सब सुनती क्यों नहीं? मेरे लिए अग्नि का प्रबंध करो। अब मेरे प्राण त्यागने का समय आ चुका है।'

वह भिक्षुक भयभीत हो उठा। उसने और थोड़ी देर बात की। समझाने-बुझाने का अथक प्रयास किया। किन्तु जब कोई नतीजा निकलता हुआ नहीं देखा तब उसने सोचा कि क्यों नहीं अपने आश्रम में जाकर आचार्य दिवाकर मित्र से सारी बातें बताईं जाए। शायद वे इन्हें समझा कर इनके प्राण बचा सकते हैं। वह दौड़ता हुआ आश्रम की ओर भागा। राज्यश्री के पास खड़ी विलाप कर रही महिलाओं के पास अब कोई उपाय नहीं था। उन्होंने लकड़ियों को एकत्र करना शुरू किया ताकि चिता जलाई जा सके।

# 18

दिवाकर मित्र के आश्रम में हर्षवर्द्धन निराश बैठे थे। दिवाकर मित्र भी पास ही थे। दोनों एक दूसरे से कुछ भी नहीं कह रहे थे। दोनों अपने आप में विचारमग्न थे कि हर्ष ने देखा एक भिक्षुक भागता हुआ उनकी तरफ आ रहा है। वह रोते हुए दिवाकर मित्र के चरणों में गिर पड़ा और कहा,

'भगवन भदंत, अत्यंत ही दुःख का विषय है। बाल अवस्था की कोई एक अत्यंत ही सुन्दर स्त्री विपत्ति में पड़ी हुई दिखाई देती है। उसने शोक के आवेश में आकर अग्नि में जलने को ठान रखी है। हे भगवन! कृपया आप स्वयं चलकर उसे समझाइये।'

भिक्षु की बात सुनते ही हर्ष उठ खड़े हुए। उन्हें शंका हुई कि हो न हो यह भिक्षु निश्चित रूप से राज्यश्री की ही बातें कह रहा है। उन्होंने गदगद कंठ से पूछा,

'हे पाराशरिन! कितनी दूर है वह स्त्री? और मुझे कृपा कर यह बताएं कि वह इतनी देर तक जीवित रहेगी जितनी देर में हम सब उसके पास पहुंचेंगे?

दिवाकर मित्र हर्ष की इस उत्तेजना को समझ बैठे। उन्होंने हर्ष से कहा, 'राजन! आप विश्वास रखें। हम सब उन्हें समझा कर शांत कर देंगे।'

हर्ष की उत्तेजना और भी बढ़ गयी। उसने एक नजर दिवाकर मित्र की ओर देखा और फिर भिक्षुक की तरफ मुड़ते हुए कहा,

'क्या आपने जानने का प्रयत्न किया था कि वह स्त्री कहाँ की है और इस वन में क्यों भटक रही है? वह अग्नि में क्यों भस्म हो जाना चाहती है?'

अब भिक्षुक ने विस्तार से कहना शुरू किया,

'माहाभाग! आज प्रातः भगवान की वंदना करने के बाद इसी नदी तट पर घूमता हुआ मैं बहु दूर निकल गया था। एक जगह पेड़ों के घने झुरमुट में मैंने बहुत सी स्त्रियों के रोने के शब्द सुने। वे शब्द ऐसे थे जैसे अनेक वीणा के तार एक साथ झनझना रहे हों। जब मैं वहां पहुंचा तो देखा कि अनेक स्त्रियों से घिरी एक स्त्री दुःख में पड़ी अत्यंत करुणा से विलाप कर रही है। मुझे पास से देखकर उसने प्रणाम किया और उनमें से एक ने अत्यंत दीन वाणी से उस स्त्री को जो कि अग्नि में स्वयं को समर्पित कर देना चाहती थीं उसे समझाने का आग्रह किया।'

हर्ष अब और भी बेचैन हो उठे। उनकी शंकाएं सही दिशा में जा रही थीं। उन्होंने कहा,' हे पाराशरिन! क्या तुम्हें याद है कि उस सुन्दर सी स्त्री के साथ जो स्त्रियाँ थीं वे क्या कह रही थी?'

भिक्षु ने अपने मस्तिष्क पर जोर देकर एक क्षण सोचा और फिर कहा,

'भगवन! वह स्त्रियाँ कह रही थीं कि ईश्वर सभी तत्वों पर अनुकंपा करते हैं। विद्वान लोग शरण में आए हुए लोगों के दुःख को दूर करने की दीक्षा लिए होते है। भगवान शक्यमुनि की शाखा करुणा का स्थान है।

बौद्ध साधु सभी का उपकार करते है। प्राणों की रक्षा से बढ़कर कोई भी पुण्य नहीं है। यह हमारी स्वामिनी पिता के मरण, स्वामी के नाश, भाई के प्रवास और अन्य सब बंधुओं के बिछड़ जाने से अनाथ हुई नीच शत्रु द्वारा किए गए पराभव के कारण दुखों को न सह सकती हुई अग्नि में प्रवेश कर रही है। कृपया बचाइये और इन्हें समझाइये।'

तब हर्ष ने कहा, 'मित्र, यह बताओ कि तुमने उस स्त्री को कुछ मुहूर्त तक अपनी कठोर प्रतिज्ञा को रोके रखने के लिए क्या कहा?'

'राजन! मैंने उस सुंदर स्त्री को दुखी होकर कहा, 'आर्ये, जो तुम कह रही हो वह तो ठीक है, किन्तु मेरे समझाने से तुम्हारा दुःख कम न होगा,' भिक्षुक ने इतना कहकर फिर हर्ष से कहा, 'देव! मैंने उस स्त्री के साथ जो अन्य स्त्रियाँ थीं उन्हें समझाया कि यदि तुम इसे मुहूर्त भर भी रोक सको तो दूसरे भगवान बुद्ध के समान मेरे गुरु इस समाचार को सुनते ही यहाँ आकर अपनी गौरवशाली वाणी से इसे समझा सकेंगे।'

अब हर्ष ने निर्णय किया कि वह वहाँ पर तुरंत जाएंगे। उन्हें पूरा विश्वास हो चलाता कि वह स्त्री और कोई नहीं बल्कि उनकी बहन राज्यश्री ही होगी। बौद्ध भिक्षुक ने हर्ष से कहा,

'आर्य, शीघ्रता करें,' और इतना कहकर वह हर्ष के चरणों में गिर गया।

हर्ष ने उस भिक्षुक को उठाया और फिर दिवाकर मित्र के पास जाकर उनके कानों कहा,

'भगवन! जहाँ तक मैं समझ पा रहा हूँ वह स्त्री अवश्य ही मुझ मंदभाग्य की बहिन ही है, जो दुर्भाग्य से इस अवस्था को प्राप्त हुई है।'

हर्ष मुड़े और फिर उन्होंने भिक्षुक से कहा, 'आर्य, उठो और बताओ कि वह स्त्री कहाँ है। उसे तुरंत जाकर किसी भी प्रकार से जीवित बचाना है।'

अब सारे लोग हर्ष और दिवाकर मित्र के साथ उस भिक्षुक के बताये मार्ग पर तेजी से चलने लगे। सभी लोग पैदल ही थे। जंगल के उबड़-खाबड़ पथरीले रास्ते पर उन्होंने अपने अश्व के साथ जाना उचित नहीं समझा। वे सब तेजी से उस ओर बढ़ते जा रहे थे जहाँ पर राज्यश्री ने स्वयं को अग्नि में समाहित होने की तैयारी कर रखी थी।

हर्ष ने दूर से ही उन स्त्रियों के रोने की आवाज सुनी। जैसे-जैसे वे आवाज के करीब पहुंचते गए उन स्त्रियों के रोने की आवाज साफ सुनाई देने लगी। वह रो- रो कर कह रही थीं,

'पुष्यभूति वंश की लक्ष्मी कहाँ चली गयी? हे मुखरवंश के वृद्ध, अपनी इस विधवा बहु को क्यों नहीं समझाते? भगवान सुगत, तुम भी क्यों उदासीन हो गए? प्रतापशील पुत्री आग में जल रही है, महाराज राज्यवर्द्धन दौड़ कर क्यों नहीं आते? हे वायु, मैं तेरी दासी हूँ, जल्दी से जाकर दुःख का यह संवाद हर्ष से कह दो।'

रुदन इतना स्पष्ट था कि हर्षवर्द्धन ने तुरंत समझ लिया कि वही राज्यश्री है। वह एक क्षण भी नहीं रुके। वह दौड़ पड़े और अग्नि में प्रवेश कर रही राज्यश्री को उसने देखा। जैसे ही हर्ष राज्यश्री के नजदीक आये राज्यश्री की नजरें उनसे मिली। उसका शरीर दुखों की मार से कमजोर हो गया था, काले घुंघराले बाल बिखरे हुए थे, आँखों की काजल इस तरह से मिट गये थे कि उसकी कालिख उसके चेहरे तक आ चुकी थी और उसके वस्त्र भी मलीन हो गए थे। हर्ष ने दौड़कर राज्यश्री को अपनी बाँहों

में ले लियां। वह सिर्फ इतना भर ही कह सकी, "भ्राता" और वह मूर्च्छित हो गयी। भ्राता हर्ष ने उसे सहारा दिया।

इस करुण दृश्य को देख सभी भिक्षुकों की आँखें गीली हो गयीं। फिर दिवाकर मित्र ने भिक्षुकों की ओर देखा और राज्यश्री को होश में लाने का इशारा किया। रो रही सभी स्त्रियाँ अब शांत हो चुकी थी। भाई-बहन के इस प्रेम और बिछड़कर फिर एक दूसरे से मिल जाने की घटना ने उन स्त्रियों के मन को एक क्षण के लिए ठहरा दिया था। ऐसा उदाहरण उन्होंने न कभी देखा और न कभी सुना था। ऐसा प्रतीत हो रहा था कि उनके विलाप को ईश्वर ने सुन लिया था। कुछ भिक्षुक पहाड़ी से गिर रहे झरने से बनी जंगल की पतली से नदी की ओर दौड़े और पत्ते में भरकर जल लाया। फिर राज्यश्री को होश में लाया गया।

हर्ष जंगल की जमीन पर ही बैठे थे। राज्यश्री जब मूर्च्छित अवस्था से वापस आयी तब उसने सहसा अपने भाई को सामने पाकर फिर से रोना शुरू किया। दृश्य इतना करुण था कि हर्ष भी मुक्त कंठ से रोने लगे। फिर हर्ष ने अपने आंसुओं को रोका और राज्यश्री के चेहरे पर अपने दोनों हाथों के पंजों को स्नेह से रखते हुए कहा,

'बहिन, अब धीरज रखो। अपने को संभालो। अब सब कुशल है। अब मैं आ गया हूँ। ईश्वर ने कुछ मुहूर्त का तुम्हें समय देकर पुष्यभूति वंश पर बड़ा उपकार किया है। हम सभी ने जो खोया उसमें तुम्हारे मिल जाने के बाद से दुःख के घाव भरने लगेंगे।'

'भ्राता, सब कुछ लुट गया। माता-पिता के साथ-साथ अग्रज भ्राता राज्यवर्द्धन और पति तथा साम्राज्य सब कुछ खो चुका है। उन्होंने मुझे कारागार में डाल रखा था। हमारी प्रजा को दुःख दिया। इसलिए मेरे जीवन

का कोई अर्थ नहीं रह गया था और मैंने स्वयं को अग्नि के समर्पित करने की ठानी थी,' राज्यश्री ने कहा।

हर्ष ने राज्यश्री को उठाया और अपनी बाँहों का सहारा देते हुए अग्नि के पास से हटा कर उसे एक निकटवर्ती वृक्ष के पास ले गए। जो भिक्षुक पत्ते में जल लेकर खड़े थे उनसे हर्ष ने जल लेकर सबसे पहले राज्यश्री का मुख धोया। इस घनघोर शोक में अब उसके चेहरे के तेज प्रकट होने लगे। सूरज की पतली सी रौशनी वृक्ष के पत्तों से क्षण कर जब उसके चेहरे पर पड़ी तब राज्यश्री का सौन्दर्य फिर से उभरने लगा। हर्ष ने उसके शोक के आवेग को कम किया। फिर उन्होंने राज्यश्री से कहा,

'वत्से, भदंत को प्रणाम करो। ये तुम्हारे पति के बाल-मित्र और हमारे गुरु हैं।'

पति का नाम आते ही राज्यश्री के आँखों में एक बार फिर से जल भर आया। वह उठी और दिवाकर मित्र के चरणों पर अपना सर रखकर उन्हें प्रणाम किया। दिवाकर मित्र के भी नेत्र गीले हो गये। उन्होंने आशीर्वाद देते हुए कहा,

'अब अधिक रोने से क्या? सभी को स्नान कर के पुनः आश्रम में चलना चाहिए।'

सभी लोग पहाड़ी नदी के पास पहुंचे। सभी ने स्नान किया। वे आश्रम लौट आए। पहले राज्यश्री को भोजन कराया और फिर सभी लोगों ने भोजन किया। हर्ष का मन अब शांत हो चुका था। यह उनके जीवन की सबसे सुखद घटना थी। जो खोया वह असीम था और जो पाया वह अकल्पनीय।

# 19

चारों ओर शांति छाई थी। सभी का मन शांत हो चुका था। राज्यश्री को ऐसा प्रतीत हुआ कि एक तूफ़ान आया और फिर समय के साथ गुजर गया। उसने जो खोया वह उसके जीवन का़ सदा पीछा करने वाली घटनाएँ थी, किन्तु हर्षवर्द्धन और बौद्ध गुरु दिवाकर मित्र के समझाने-बुझाने के बाद वह अब बहुत हद तक उस पीड़ा से दूर हो चुकी थी जो उसे अकस्मात मिला था। अब उसके सामने एक बहुत बड़ी जिम्मेदारी थी वापस कन्नौज लौटकर अपनी प्रजा को फिर से सुरक्षित रखना और उस शासन को फिर से स्थापित करना जिसे मौखरि वंश के कई प्रतापी राजाओं ने अपने खून से सींचा था। किन्तु अब इस वंश का कोई वारिस नहीं था।

हर्षवर्द्धन थानेश्वर के राजा थे और उनके सामने अब कन्नौज का भी संकट आ खड़ा हुआ था। वह दिग्विजय के लिए निकले थे। उनके पास अपनी एक विशाल सेना थी जिसके विषय में कहा जाता था कि उनकी सेनाओं में नब्बे हजार हाथी और एक लाख से अधिक घोड़े थे। पैदल सेना की तो बात ही अलग थी। गुप्त वंश के पतन के बाद उत्तर भारत में किसी हिन्दू सम्राट ने इतनी पड़ी ताकत को एकत्र नहीं किया था जितना कि हर्षवर्द्धन ने राज्यश्री को सुरक्षित बचा लेने के बाद किया और अगले एक

दशक तक उसका विजयी अभियान चलता रहा। यह सब गुप्त साम्राज्य के पतन के बाद हो रहा था। भारत में ऐसी घटनाएं हुआ करती थीं। यहाँ तक कि हर्ष की मृत्यु (647 ई) के बाद भारत में तीन बड़े साम्राज्यों के बीच एक सौ साल तक संघर्ष चला जिसे इतिहास में त्रिपक्षीय संघर्ष कहते हैं। ये साम्राज्य थे राष्ट्रकूट, गुर्जर प्रतिहार और पल वंश के जिनकी आपसी लड़ाई में भारत कमजोर हो गया। किन्तु हर्षवर्द्धन ने लगभग सम्पूर्ण उत्तर भारत पर अधिकार कर एक मजबूत शासन की नींव डाली थी। वह स्वयं एक विद्वान था जिसने तीन पुस्तकों- नागनाद, रत्नावली और प्रियदर्शिका की रचना की। उसके दरबार में वाणभट्ट जैसा कवि था जिसने हर्षचरित और कादम्बरी जैसे महान पुस्तकों की रचना की जिनमें कादम्बरी दुनिया का सबसे पहल उपन्यास माना जाता है।

हर्ष की ये सारी महानता राज्यश्री को फिर से सुरक्षित बचा लेने के बाद ही प्रकट हुई। राज्यश्री की शादी के एक साल बाद ही थानेश्वर और कन्नौज में इतनी बड़ी-बड़ी घटनाएँ घटीं कि एक समय ऐसा प्रतीत हो रहा था कि दोनों साम्राज्य समाप्त हो जाएंगे, किन्तु राज्यश्री और हर्ष ने मिलकर इसे बचा लिया था।

जब राज्यश्री दिवाकर मित्र के आश्रम में आ गयी तो एक दिन हर्ष उसके साथ एकांत में बैठे उन घटनाओं की जानकारी लेनी चाही जो उसके साथ कन्नौज में घटी थी। हर्ष ने राज्यश्री से पूछा,

' भगवान शंकर की कृपा से अब तो सब कुछ कुशल हो गया है, किन्तु मेरे मन में एक प्रश्न अभी भी उठ रहा है बहन कि तुमने अग्नि में समाहित होने जैसा इतना कठोर निर्णय क्यों किया था?'

राज्यश्री ने एक क्षण के लिए अपनी पलकों को हर्ष के मुख की ओर उठाया और फिर नीचे कर के कहा,

'भ्राता, मेरे समक्ष कुछ रह ही नहीं गया था। माता-पिता, पति और अग्रज भाई की मृत्यु का समाचार मुझे एक के बाद एक मिला जो किसी भी मनुष्य को विचलित कर सकता है। मैंने सबसे पहले अपना भोजन त्यागने का निर्णय किया। किन्तु उसी समय मुझे कारागार में डाल दिया गया था।'

'आगे बताओ बहन, मुझे उत्सुकता हो रही है कि तुमने इतने बड़े दुःख का सामना कैसे किया?'

राज्यश्री ने फिर एक क्षण के लिए हर्ष की तरफ झुकी हुई नजरों से देखा। दोनों एकांत में बातें कर रहे थे। आश्रम के सरे भिक्षुक स्वयं में व्यस्त थे। राज्यश्री ने फिर अपनी पलकें उठायी और फिर हर्ष की तरफ देखते हुए बोली, 'युद्ध में जब हमारे स्वामी के मारे जाने की सूचना मिली तब गौढ़ अधिपति ने कान्कुब्ज की प्रजा के विरुद्ध उपद्रव मचाना शुरू किया। मैं तो कारगर में थी।'

'फिर कारागार से कैसे मुक्त हुई?' हर्ष ने उत्सुकता से पूछा।

'गुप्त नाम का एक कुल पुत्र था। वह अपार साहसी था। उसने मेरी सुरक्षा की और कुछ स्त्रियों के साथ हमलोग विंध्याटवी के वन में चले आये। यहाँ बहुत दिनों तक भटकते रहे। इसे क्रम में भ्राता राज्यवर्द्धन की मृत्यु की जानकारी भी मुझे मिली। तब मेरे लिए कुछ भी नहीं रह गया था। मैंने भोजन का पूर्ण त्यागकर अग्नि में समाहित होने का निर्णय लिया,' राज्यश्री ने सारी बात बतायी।

हर्ष ने देखा, सामने से आचार्य दिवाकर मित्र आ रहे हे। वह पास आकर बैठ गए। उनके चेहरे पर हल्की सी मुस्कान थी। वह भी अब काफी निश्चित दिख रहे थे। दिवाकर मित्र ने हर्ष की तरफ देखते हुए कहा,

'श्रीमान, सुनिए, मुझे आपसे कुछ कहना है।'

हर्ष ने हाथ जोड़कर प्रणाम करते हुए कहा, 'आचार्य, निःसंकोच हो कर कहिये और यदि मन में कोई आदेश है तो उसे भी कहिये।'

राज्यश्री पास ही बैठी रही। आश्रम का एकदम शांत वातावरण था। दिवाकर मित्र ने कहा, 'यह जो आकाश में चंद्रमा है, उसने यौवन के उन्माद में वृहस्पति की स्त्री तारा का अपहरण कर लिया था और स्वर्ग में भागकर इधर-उधर घूमता रहा। फिर देवताओं के समझाने-बुझाने पर उसने उसे वापस कर दिया, किन्तु विवाह की ज्वाला उसके मन में सुलगती रही।'

दिवाकर मित्र का यह कथन राज्यश्री के लिए जीवन का एक सार था। राज्यश्री थोड़ी सी विचलित हो उठी। उसने अपने भाई हर्ष और आचार्य दिवाकर मित्र की ओर से नजरों को हटाते हुए पीछे की ओर देखा। उसने देखा कि उसकी एक सेविका पत्रलता उसकी तरफ आ रही थी। वह उठी और पत्रलता के पास चली गयी। उसने पत्रलता को कान में चुपके से कुछ कहा।

पत्रलता हर्ष के पास आयी और जमीन पर हाथों को रख प्रणाम करते हुए विनतीपूर्वक कहा,

'देव, मैं देवी राज्यश्री का एक महत्वपूर्ण संदेह लाई हूँ। देवी राज्यश्री अब गेरुआ वस्त्र धारण करने की आज्ञा चाहती है।'

हर्ष यह सुनकर चुप रहे। राज्यश्री सामने ही थोड़ा हटकर अपनी हाथों को जोड़े खड़ी थी। उसके नयन एक बार फिर से भीग गए। दिवाकर मित्र ने राज्यश्री को पास बुलाया और कहा,

'आयुष्यमति, शोक पिशाच का ही दूसरा नाम है। यह कभी न बुझने वाली अग्नि है। प्राणों का वियोग न करने वाला यमराज है। यह ऐसी नींद है जिससे कोई जागता नहीं। अतः, हे सत्यव्रते, कहो अब क्या किया जाए? किसके आगे विलाप करें? सब कुछ आँख मूँद कर सहना चाहिए। अब यह पितातुल्य तुम्हारा जेष्ठ भ्राता ही तुम्हारा गुरु है। ये जो आदेश दे वही तुम्हारा कर्तव्य है।'

इतना कहकर आचार्य दिवाकर मित्र चुप हो गए। राज्यश्री अपने दोनों हाथों के पंजों को एक साथ बांधे खाड़ी सब कुछ सुनती रही। हर्षवर्द्धन अब और भी गंभीर हो गए। उन्होंने दिवाकर मित्र से कहा,

'आर्य के सिवा और कौन इस प्रकार का वचन कहेगा। आर्य, आप विपत्ति में सहारा देने वाले स्तंभ हैं। आप समुद्र की तरह मर्यादा रखते हैं। मैं अपने कार्यों को त्यागकर अपनी छोटी बहिन का ललन-पालन करूंगा, किन्तु अपने भाई के वध का प्रतिशोध लेना मेरा कर्तव्य है जिसके लिए मैने शत्रु कुल की नाश की प्रतिज्ञा की है।'

हर्षवर्द्धन इतना कहकर एक क्षण के शांत रहे और फिर उन्होंने राज्यश्री की ओर देखा। राज्यश्री उसी प्रकार हाथ को बांधे खाड़ी थी। फिर हर्ष दिवाकर मित्र की ओर मुड़े और कहना शुरू किया,

'आर्य, मेरी विनती है कि आप कुछ समय तक मेरे कार्यों में सहायक बनें। जबतक मैं अपनी प्रतिज्ञा के बोझ से मुक्त हो अपनी प्रजा के दुःख को समाप्त न कर दूं तबतक आप मेरे साथ रहने वाली मेरी इस बहिन

को धार्मिक कथाओं, विवेक उत्पन्न करने वाले उपदेशों और क्लेश को मिटाने वाले भगवान तथागत के सिद्धन्तों का ज्ञान दें। अपने इस कार्य से निवृत्त होने के बाद मैं और यह दोनों एक साथ काषाय (गेरुआ वस्त्र) ग्रहण करूंगा।'

इतना कहकर हर्षवर्द्धन चुप हो गए। दिवाकर मित्र अब सब कुछ समझ चुके थे। राज्यश्री का मन अब पूर्णतः शांत हो चुका था। उसके आभा प्रकट करने वाले मुख पर जो दुखों का पहाड़ सा प्रतीत हो रहा था वह ढह चुका था। उसका दिव्य रूप फिर से प्रकट होने लगा। ऐसा प्रतीत हो रहा था मानो वह किसी भयंकर श्राप से मुक्त हुई हो! दिवाकर मित्र ने हर्ष की ओर देखा और कहा,

' राजन! भाग्यशाली को दो बार बात करने की आवश्यकता नहीं होती। जिस काम में मेरे इस शरीर का उपयोग हो यह आपके अधीन है।' इतना कहकर दिवाकर मित्र उठाकर अपने आश्रम के अन्दर चले गये। राज्यश्री भी पत्रलता के साथ आश्रम के अंदर चली गयी।

शाम हो चली थी। हर्ष को अभी बहुत सारे कार्य निबटने थे। उन्होंने मगध सामंत और अपने मित्र माधवगुप्त से कहा, 'उस शबर युवक निर्घात को मेरे पास बुलाओ मित्र। उसने बड़ा उपकार किया है। वह माध्यम बना राज्यश्री की खोज में। मैं उससे मिलना चाहता हूँ।'

माधवगुप्त उठा और आश्रम के बाहर चल गया। थोड़ी देर के बाद वह लौटकर आया तो उसके साथ शबर युवक निर्घात था। उसने हर्ष के सामने दंडवत होकर प्रणाम किया। उसके कंधे पर अभी भी धनुष और तरकश में वाण सजे थे। वह हाथ जोड़े चुपचाप हर्ष के सामने खड़ा हो गया। हर्ष ने कहा,

'निर्घात, तुममें अदम्य साहस है। तुमने जो इस खोज में सहायता की उसके किए तुम्हें सदा याद किया जाएगा। तुम अपने समूह से साथ इसी प्रकार इस वन की रक्षा करते रहना। कुछ अलंकार और वस्त्र तुम्हारे लिए है। इसे स्वीकार करो।'

शबर युवक ने दान को स्वीकार किया और फिर विंध्याचल के वन में तेजी से विलीन हो गया। हर्ष दूर तक उसे जाते हुए देखते रहे।

सुबह हो चुकी थी। राज्यश्री की सवारी तैयार की जा चुकी थी। वह पालकी पर सवार हुई। हर्ष और दिवाकर मित्र घोड़े पर सवार हो एक साथ आश्रम से बहार निकले। उनका दल आगे की तरफ बढ़ता चला गया और गंगा नदी के किनारे जहाँ हर्ष ने अपने समूह को खड़े रहने का आदेश दिया था वहाँ पहुंचा। वे सभी कन्नौज की ओर बढ़ चले। नगर में हर्ष और राज्यश्री के प्रवेश करने की सूचना से ही लोगों में उत्साह जाग उठा। भंडी ने हर्ष की जिस विशाल सेना के साथ कन्नौज में प्रवेश किया था उसके आने के पूर्व ही गौढ़ अधिपति शशांक कन्नौज को खाली कर वापस जा चुका था। राज्यश्री ने अपने कन्नौज को शांत मन से देखा। अब चारों तरफ लोग खुशियाँ मना रहे थे। लोगों ने अपनी खोयी हुई महारानी का स्वागत किया। जो मंत्री और सामंत देवगुप्त और शशांक के भय से छुप गये थे वे सभी वापस लौट आये। राज्यश्री को दरबार में लाया गया। कन्नौज के खाली पड़े सिंहासन को उसने भीगी पलकों से देखा और फिर हर्षवर्द्धन की ओर मुड़ी।

राज्यश्री ने हर्ष के चरण को स्पर्श करते हुए कहा,

'भ्राता, आपने न सिर्फ मेरी रक्षा कर एक भाई के महान कर्तव्य को निभाया बल्कि कन्नौज की प्रजा को फिर से खुशियों से भर दिया। भ्राता, आपसे आग्रह है कि कन्नौज के इस सिंहासन को आप ग्रहण करें।'

इतना कहकर राज्यश्री हर्ष के चरणों में गिर पड़ी। पुरोहित वेदमंत्रों का उच्चारण करने लगे। चारों तरफ शंख की ध्वनि सुनायी पड़ने लगी। सेनापतियों, सामंतों, मंत्रियों और सैनिकों ने हर्ष तथा राज्यश्री का जयजयकार किया। हर्षवर्द्धन कन्नौज के सिंहासन पर बैठ गए और उन्होंने हाथ पकड़कर राज्यश्री को अपने सिंहासन के बगल वाले आसन पर बिठा लिया।

अब पुष्यभूति वंश की राजधानी थानेश्वर से हटकर कन्नौज आ चुकी थी। भारत के प्रतापी राजा हर्षवर्द्धन ने 606 ई. से 647 ई. तक शासन किया। उसने पूरे उत्तर भारत को जीत लिया। राज्यश्री उसके प्रशासनिक कार्यों में सदा साथ देती रही।

(सन्दर्भ: यह उपन्यास वाणभट्ट के हर्षचरित और हिन्दी साहित्य के महान साहित्यकार डॉ वासुदेवशरण अग्रवाल की रचना- हर्षचरित: एक सांस्कृतिक अध्ययन को आधार बनाकर लिखी गयी है जिसमें कथा के कुछ पत्र, घटनाएं और स्थान काल्पनिक हैं। यदि किसी व्यक्ति विशेष के नाम अथवा स्थानों का जिक्र किसी से भी मिलता-जुलता है तो वह एक संयोग मात्र है)

(समाप्त)